Dominazione erotica e sottomissione

Vol. 7

Erika Sanders

Dominazione erotica e sottomissione
Vol. 7

Erika Sanders
Serie
Collezione di dominazione erotica

Immagine di copertina: © krivitskiy- Pixabay, 2025

Prima edizione: 2025

Sinossi

Questo volume contiene tre titoli BDSM romantici ed erotici ad alto contenuto.

- Solo amici?:

È un romanzo di dominazione CFNM (Clothed Female Nude Male - The Woman Dressed The Naked Man) un tipo di dominazione femminile.

Nancy e Bob sono amici da 20 anni.

Questo è un momento difficile per Nancy.

Ha ricevuto una foto da un'amica in cui il suo ragazzo è visto accompagnato da un'altra donna.

Bobo è sempre lì per sostenerla e confortarla.

Bob ha notato che Nancy sta iniziando a guardarlo in modo più intimo?

Bob sarà dominato dai desideri del suo amico?

- Coinquilini femminile:

Vicky e Joyce sono due coinquiline del college.

Vicky è magra e debole e Joyce è ampia e forte.

Un giorno Joyce sta guardando un programma scandaloso in TV mentre Vicky cerca di studiare.

Vicky chiede a Joyce di abbassare il volume del televisore, ma quando lei la ignora, cerca di prendere il telecomando.

Ciò provoca l'inizio di una lotta per il telecomando che termina in una sorta di combattimento libero tra i due.

Joyce prevale su Vicky nella lotta sottomettendola e ...

- Dopo della classe:

La protagonista di questa storia è un'insegnante di danza dove per la prima volta frequenta una bellissima coppia sposata.

Questa coppia è istruttrice di sci quindi ha corpi molto ben modellati e forme marcate.

L'insegnante di danza è abbagliato dalla bellezza erotica di Stella, la moglie appena arrivata in classe.

Avrà una possibilità con lei un giorno in cui lei apparirà da sola, senza suo marito, in classe?

Solo amici?, **Coinquilini femminile** e **Dopo della classe** sono storie con un forte contenuto erotico BDSM e, a loro volta, appartengono anche alla raccolta Erotic Domination, una serie di romanzi ad alto contenuto BDSM.

(Tutti i personaggi hanno 18 anni o più)

Nota dell'autrice:

Erika Sanders è una scrittrice di fama internazionale, tradotta in più di venti lingue, che firma i suoi scritti più erotici, lontani dalla sua solita prosa, con il suo cognome da nubile.

Indice:

DOMINAZIONE EROTICA E SOTTOMISSIONE VOL. 7
ERIKA SANDERS

SOLO AMICI?
DOMINAZIONE CFNM

CAPITOLO 1

Nancy era seduta sul divano con il cuore in gola.

Ma non stava ancora piangendo.

Seduto accanto a lui, Bob si chiese se le cose sarebbero cambiate.

Continuando a fissare la dannata foto sul suo telefono, Nancy chiese a Bob:

"Pensi che le sue tette siano finte?"

"Non finte come le sue unghie," disse Bob, cercando di mantenere le cose il più leggere possibile.

"Potrebbero essere reali", disse Nancy, avvicinandosi per vedere meglio.

"I suoi seni o le sue unghie?"

"Le sue tette. Anche le sue unghie possono essere vere. Hai mai notato le unghie di Julia? Le sue sono vere."

"Va bene," disse Bob con un cenno del capo e alzando le spalle.

Non aveva intenzione di discutere con Nancy, non mentre era impegnata a occuparsi di una foto del genere.

"Chris ti ha mandato quella foto?"

"Sì, ma perché Andy dovrebbe inviarlo a Chris?" Si chiese Nancy.

"Vantarsi."

"Pensi che Chris abbia delle mie foto sul telefono?"

"Hai mai lasciato che Andy ti fotografasse?"

Nancy sbuffò.

"Ha provato a farlo una volta e gli ho tolto il telefono di mano."

"Buon per te," disse Bob, sorridendo con approvazione.

Bob le aveva spiegato molto tempo prima perché non c'era mai stata una buona ragione per lasciare che un uomo gli facesse una foto compromettente.

I ragazzi non possono tenere foto di quel tipo per se stessi.

"Sembra essere il tipo di ragazza che appare su molti telefoni."

"Sì, sembra una vera festaiola," disse Nancy, fissando ancora il suo telefono. "Forse era con lui durante una serata fuori? Andy avrebbe potuto essere ubriaco o qualcosa del genere."

"Forse," ammise Bob, continuando a non discutere con lei. "Sai cosa succede quando mi ubriaco."

Nancy annuì prima di fare un buco nella sua teoria.

"Solo che Andy non sviene come te."

"Non sempre svengo," si lamentò Bob.

"No, ma è divertente quando lo fai," disse Nancy con un sorriso.

Gli diede una pacca sul ginocchio e gli fece sapere che lo stava solo prendendo in giro.

"E non lo faccio da anni."

"È più sexy di me?"

"Niente affatto," disse Bob.

"Hai notato la sua abbronzatura? È un'abbronzatura finta nel caso mai ne vedessi una. E i suoi capelli? Chi ottiene anche riflessi poco lucidi?"

"Sono abbastanza sicuro che Andy non se ne fosse reso conto." Bob non se n'era accorto.

"Probabilmente è una prostituta sfacciata."

"Se possibile".

"Vuoi conoscere la parte ironica? Prima che Andy partisse per il suo viaggio, ho deciso che sarei rimasto fedele a lui tutto il tempo fino al suo ritorno."

"Restare fedele è un problema per te?" chiese, pensando agli anni trascorsi da quando l'aveva conosciuta.

Da quello che poteva ricordare, Nancy aveva un solo ragazzo alla volta.

Tranne quando Bob l'aveva incontrata per la prima volta.

Nancy non aveva fidanzato quando è stata trasferita nel suo distretto scolastico.

Era una magrissima studentessa dell'ottavo anno con l'apparecchio, i capelli verdi, un gesso sul braccio sinistro e nessun amico al mondo.

Si era lasciata cadere sull'unico posto vuoto dello scuolabus, motivo per cui si era seduta accanto a un ragazzino nerd che tutti ignoravano.

Dopo essersi seduta, abbassò la testa in modo che i suoi capelli verdi le coprissero il viso.

A Bob sarebbero stati gli affari suoi, se non fosse stato per il fatto che Nancy stava cercando qualcosa nei suoi libri.

Senza pensarci, lui l'aiutò, e lei si guadagnò un sorriso riconoscente e poi provò una strana sensazione nello stomaco.

Quel giorno iniziò un'amicizia che era durata tutti questi anni e la sfortuna di Nancy.

Durante l'estate, il suo apparecchio è stato rimosso ei suoi capelli sono tornati al loro biondo naturale.

Quando iniziò il liceo, Nancy si era trasformata in un bellissimo cigno e Bob divenne il suo migliore amico disadattato, sempre pronto ad aiutarla mentre Nancy si innamorava di belle persone.

"Non credo nelle relazioni a distanza", ha spiegato. "Ti ricordi di Darry?"

Bob annuì.

Lei e Darry erano state la coppia più popolare nell'ultimo anno.

"Ho rotto con lui perché non volevo preoccuparmi di quello che faceva al college".

"O quello che stavi per fare al college", fece notare Bob.

Inferire lo "stadio della puttana" nella sua frase gli valse un sorriso malizioso e un piccolo cenno del capo.

"Restare fedeli è più facile quando potete vedervi entrambi". Fissò la dannata foto di Andy.

La donna, chiunque fosse, era sdraiata sulla schiena e sorrideva alla telecamera.

Teneva i seni premuti, avvolti attorno all'erezione di Andy.

Gocce umide gli schizzarono il collo e il mento.

Nessuno di noi due doveva indovinare la fonte di quegli schizzi bianchi cremosi.

"Forse dovremmo farti ubriacare e poi posso fare delle foto da inviare ad Andy."

Bob impallidì.

"Dovresti inviare foto del genere ai tuoi amici, non al tuo ragazzo."

"Fidanzato?" Ha detto, aggrottando la fronte mentre tornava al telefono.

"Dovresti eliminare quell'immagine", ha suggerito Bob.

Lei scosse la testa.

"Almeno smettila di guardarla."

"Non posso farci niente," disse, suonando molto triste.

Il modo in cui i suoi capelli le scendevano sul viso gli ricordava la ragazza magra e dai capelli verdi che aveva incontrato su uno scuolabus.

"Per."

Bob si è nascosto i capelli dietro un orecchio prima di mettere la mano sul telefono e nascondere l'immagine.

Mise l'altra mano sulla sua.

"Sai che sei il mio migliore amico, vero?"

"E tu sei mio."

Bob le prese il telefono e le riempì le mani con le sue.

Per un lungo momento si guardarono l'un l'altro con occhi tristi.

Nancy si sentiva triste per la fine della loro relazione e Bob si sentiva triste per la perdita del suo amico.

"Se è importante per te, puoi restargli fedele fino al suo ritorno a casa."

"Oppure posso farlo," disse, facendo un passo avanti e premendo le sue labbra contro le sue.

E non è stato un bacio amichevole.

CAPITOLO 2

"WOW," disse Bob, indietreggiando per un momento prima di oltrepassare una linea che gli amici non oltrepassavano mai.

"È stato bello," disse Nancy con un mezzo sorriso.

Premette di nuovo le labbra sulle sue, appoggiandosi a lui finché non rimase intrappolato tra lei e lo schienale del divano.

Si baciarono finché le loro labbra si aprirono e le loro lingue iniziarono ad accarezzarsi.

Si baciarono a lungo prima che Nancy se ne andasse.

Con gli occhi spalancati, si accarezzò le labbra bagnate come se si assicurasse che appartenessero davvero a lei.

"Wow, non dovevi essere bravo in quello."

"Perchè no?" Chiese Bob, con un accenno di sorriso.

"Perché baciarti dovrebbe essere come voler baciare mio fratello."

"Non hai fratelli".

"Capisci cosa intendo," disse, ancora sorpresa. "Non dobbiamo farlo mai più."

"Sì," concordò.

Gli amici non si baciano e se le loro labbra si incontrano, non aprono la bocca per chiedere di più.

"Mai più dopo questo tempo," disse Nancy, mettendogli una mano dietro la testa e spingendolo in avanti per un altro bacio.

Di nuovo, le loro labbra si aprirono e le loro lingue si incontrarono.

Questo bacio durò anche più a lungo dell'altro prima che lei si allontanasse.

"Smettila di essere così bravo, sai che ho un ragazzo!"

"Un orribile fidanzato che ti tradisce."

"Forse era solo una serata fuori," sbuffò, sedendosi e incrociando le braccia appena sotto il seno.

"O forse Chris vuole entrare nelle tue mutandine", disse Bob, indicando una parte dell'equazione di cui non avevano discusso.

"Perché dici questo?"

"Perché altrimenti dovrei condividere quella foto con te?" Gli chiese Bob. "È sempre la ragazza del tuo amico prima della bella ragazza, a meno che tu non voglia quella bella ragazza, e poi è 'Fanculo amico mio'.

"Mi stai chiamando hot babe?"

"Mai", ha promesso Bob.

"E comunque perché non hai una ragazza?"

Bob si è innervosito.

"Cose della vita."

"Sei un bravo ragazzo. Dovresti avere donne in fila che vogliono uscire con te."

"Tranne che alle ragazze piacciono i cattivi ragazzi e io no."

"Non è proprio vero," insistette Nancy, anche se il suo tono sembrava debole quanto il suo rifiuto. "Beh, non tutte le donne e non sempre."

"Forse puoi far girare una voce su di me. Puoi dire ai tuoi amici che sono un grande baciatore e che ho un gran cazzo."

"Grande, ma non troppo grande", ha detto.

"Come lo sai?" chiese, ignorando il commento frivolo.

E con un grande sorriso, le fece un'offerta.

"Baciami di nuovo e forse te lo mostro."

"Non è necessario, si vede." Nancy la fissò in grembo per un momento prima di trattenersi e riportare lo sguardo sul suo viso. "Baciarmi ti rende duro?"

"Come non potrei."

Nancy mise le gambe sotto di lei e si raddrizzò.

Lo sguardo di Bob cadde sul suo petto, notando e apprezzando come la sua nuova posizione accentuasse i suoi seni.

"Diciamo che ci baciamo di nuovo e tu diventi duro, me lo farai vedere davvero?"

"Non lo so, forse," mormorò, assicurandosi di non guardarle più le tette.

Con un sorriso malizioso, Nancy fece scorrere le dita tra i capelli di Bob.

"E se ti rendessi davvero, davvero duro?"

"Immagino ..." disse, cercando la risposta corretta a un pensiero molto sbagliato.

Bob riconobbe il leggero restringimento dei suoi occhi sul suo sorriso giocoso.

Aveva passato troppi anni a guardarla dall'altra parte della stanza e sapeva di non potersi fidare di quella particolare espressione.

Lo guardò di nuovo in grembo prima di guardarlo di nuovo.

"Quindi ci baciamo, diventi duro, me lo fai vedere, e basta?"

"Se divento duro, potrei volere di più".

"Tecnicamente, ho ancora un ragazzo."

"Ufficialmente, non lo sappiamo."

"Ma non rinuncerò a fingere di essere la sua ragazza finché non lo vedrò di nuovo."

"Ma baciarmi e vedermi nudo va bene?" Chiedo.

"Nuda e dura," disse, leccandosi le labbra e mettendo la lingua tra i denti.

"E se anch'io volessi un orgasmo?"

"Vedo che te ne dai uno."

Bob rise.

"È permesso anche quello?"

"Niente di tutto questo è 'permesso'. E niente di tutto ciò accadrà se continui a parlarne. Cogli l'occasione, Bobbie. Lascialo andare e guarda dove va, è tutto quello che sto dicendo."

Bob guardò il suo amico, il suo migliore amico, una donna che conosceva da più tempo di chiunque altro nella sua vita.

Non sapeva perché fossero rimasti migliori amici, tranne per il fatto che avevano mantenuto una politica senza fronzoli tra di loro.

Erano sempre lì l'uno per l'altro quando l'altra persona ne aveva bisogno.

Aveva incontrato tutte le sue amiche.

Aveva incontrato tutti i suoi fidanzati.

Le aveva anche raccontato delle sue poche avventure di una notte.

Il loro numero era sostanzialmente inferiore al suo.

Sapeva di poterle chiedere qualsiasi cosa e lei gli avrebbe dato una risposta onesta.

Aveva sempre funzionato anche al contrario.

Tuttavia, c'era solo una domanda che non si erano mai posti: perché non uscivano insieme?

Conosceva le ragioni.

Non era abbastanza bello.

Non stava guidando una macchina nuova e stravagante.

Il suo senso della moda raramente andava oltre i jeans e una maglietta.

Risparmiava i soldi invece di spenderli in regali sontuosi o cene fantasiose.

Non era benedetto con una lingua astuta e la capacità di sedurre con una sola linea ben pronunciata.

Ragazze come Nancy non uscivano con geek come lui e lui non aveva mai chiesto spiegazioni.

Era felice di essere suo amico, un vero amico, uno senza condizioni.

"Saremmo ancora amici se succedesse qualcosa?"

"Forse," disse, mostrando lo stesso sorriso giocoso che aveva usato prima, il sorriso astuto di cui sapeva di non potersi fidare.

Lo stava mettendo alla prova, costringendolo a pensare di meno e ad agire di più.

"Ti odio," disse, tirandola più vicino e premendo le sue labbra contro le sue, prendendo un bacio da lei invece di reagire a uno che aveva iniziato.

Quando le loro labbra si aprirono, sapeva che non poteva rubare qualcosa offerto liberamente.

Si rilassò, liberando le sue paure su cosa sarebbe successo se le loro labbra si fossero unite.

Giusto o sbagliato, stava succedendo ed entrambi lo approvarono.

CAPITOLO 3

Un lieve gemito passò dalla bocca di Nancy alla sua e lei sentì crescere la sua passione.

Le accarezzò la schiena, facendole scivolare la mano lungo il collo e perdendo le dita nella criniera dei suoi dolci capelli biondi.

Nancy gemette di nuovo, baciandolo più calorosamente mentre Bob si chiedeva cosa fare con l'altra mano.

La tenne al sicuro sulla sua spalla, resistendo all'impulso di farla scivolare lungo il suo petto e prendere a coppa i suoi seni.

Non avrebbe rischiato di rompere l'incantesimo che era caduto su di loro.

"Come stai?" mormorò, ponendo la domanda con le labbra ancora in contatto con lui.

"Bene," confessò, provando un po 'di imbarazzo quando il suo bacio iniziò a fare la magia anche in altri posti.

"Stai diventando duro?"

"Perché non dai un'occhiata?" chiese, dimenandosi.

"Questo non è il nostro affare", ha detto. "Mi stai solo baciando, ricordi?"

"Dovremmo smetterla," mormorò, mantenendosi in costante contatto con la sua bocca.

"No," disse, mettendogli una mano dietro la testa e tenendolo stretto nel suo bacio.

La sua piccola mano gli accarezzò il lato del viso e sentì il suo sangue ribollire.

Questo era brutto, molto brutto.

Gli amici non dovrebbero baciarsi come coloro che vogliono essere amanti.

Non dovrebbe diventare duro di fronte a lei.

Dovrebbero fermarsi.

La baciò di nuovo finché non sentì Nancy allontanarsi.

Si guardò in grembo e chiese:

"È tutto tuo?"

"Alcuni di questi sono un calzino che ho infilato nei pantaloni prima che tu arrivassi qui."

I suoi occhi si spalancarono per la sorpresa quando spostò lo sguardo sul suo viso.

Non si aspettava la sua divertente uscita.

"Adesso me lo devi mostrare, stupido."

"No, non lo farò." Si fermò per assaporare di nuovo la sua dolcezza.

Nancy si allontanò.

"Ma hai promesso e sono passati mesi da quando ne ho visto uno nella vita reale."

"Baciami e lo farò", disse, credendo di mentire.

Gli diede uno sguardo misurato prima di baciarlo di nuovo.

Gli tolse la mano dalla spalla e la mise tra le gambe.

Sapeva cosa si aspettava.

Bob prese a coppa il grande rigonfiamento che appariva nei suoi jeans per attirare più attenzione e lottò con la questione del giusto o sbagliato.

Ogni parte di lui voleva andare avanti, tranne che le cose sarebbero cambiate per sempre tra di loro se lo avesse fatto.

Non sarebbero mai potuti tornare a quello che erano stati.

Questo potrebbe rompere un'amicizia che durava da un decennio.

Non l'avrebbe fatto.

Non dovrebbe.

Solo che la passione non riconosce gli argomenti della ragione.

Si sbottonò il bottone sopra i jeans.

"Fallo," mormorò. "Fammi vedere."

Stava cercando?

Stava baciando con gli occhi aperti, guardando oltre la sua guancia e guardando la sua mano?

"Questo è un peccato," si preoccupò senza parole, frugando nell'apertura dei suoi boxer e tirando fuori la sua erezione, esponendola a tutto il mondo, anche se il suo mondo includeva solo lei.

Nancy interruppe il loro bacio e guardò la lunga e dura mascolinità nella sua mano.

Sorrise da un orecchio all'altro, con gli occhi spalancati e il tipo di espressione che si presume di riservare quando si imbatte inaspettatamente in una celebrità preferita in un negozio aperto 24 ore su 24.

"Adesso l'hai vista," disse, immediatamente imbarazzato e pentito della sua decisione.

Ha iniziato a metterlo di nuovo via per lei.

"Ma voglio anche vederla scendere", insistette, tirandogli forte il braccio e impedendogli di coprirsi.

"Pervertito," lo prese in giro scherzosamente.

"Così?" chiese, ridendo con lui.

Nancy avvolse entrambe le braccia intorno al braccio di Bob, tenendolo contro il suo corpo mentre lottava per rifarsi i pantaloni.

Bob trovava più facile spogliarsi con una mano che fare il contrario.

Riuscì a infilare la sua erezione nel risvolto della sua biancheria intima e nient'altro.

Sorridendo, si guardarono l'un l'altro, riconoscendo che erano sciocchi e si divertivano.

"Dovresti baciarmi di nuovo."

"Vuoi solo vedermi di nuovo nudo."

"Probabilmente," ammise, premendo di nuovo le labbra.

Mentre si baciarono, lei gli aprì i pantaloni.

"Cosa stai facendo?" chiese, tenendo le sue labbra vicine alle sue.

"Voglio vederla di nuovo."

"No", ha detto Bob, anche se non ha fermato il suo tiro.

"Sì," insistette, abbassandosi i jeans fino al centro del sedere.

Ha agganciato il pollice all'interno della cintura dei suoi boxer, costringendoli verso il basso.

"Nancy, per favore," la pregò, pronto ad aiutarla o fermarla. "Non possiamo".

Si allontanò dal suo bacio, lo guardò dritto negli occhi e disse una verità molto semplice:

"No, non dovremmo, ma niente dice che non possiamo."

CAPITOLO 4

Bob sbatté le palpebre e cercò di trovare la colpa nel suo ragionamento.

La sua mente rapida e altamente analitica gli ha dato solo una ragione.

"Sei più importante per me di un orgasmo."

"Mi sento lo stesso." Ha lavorato con la sua biancheria intima per abbassarla. "Quindi questo va bene."

"Perché siamo amici?" chiese, coprendo la sua nudità con entrambe le mani.

"Perché la nostra amicizia non permetterà che qualcosa del genere si intrometta", disse, spingendo via una delle sue mani. "Ora dammi un bello spettacolo."

Prima che Bob potesse opporsi, lei premette la bocca contro la sua, lasciandogli altra scelta che gemere.

Se si lamentava, a lei non sembrava importare.

I baci di Nancy erano più profondi e appassionati che mai.

Il suo cazzo gonfio bramava attenzioni.

Perché non dovresti cedere ai tuoi desideri?

Se questo era qualcosa che voleva, perché non avrebbe dovuto seguirlo?

Chi stava privando di un buon tempo?

Si strofinò l'erezione più volte, Nancy gemette e seppe che stava guardando.

"Per favore, non fermarti," disse, interrompendo il suo bacio per vedere meglio.

"Non lo farò, tranne che ho un problema." Lo guardò perplessa. "Sono destrorso", ha spiegato, tirando il braccio che stava ancora tenendo contro il suo corpo.

"Scusa," mormorò, mettendole un braccio intorno alle spalle mentre lei lo guardava accarezzare il suo cazzo lungo e duro.

Sentiva i suoi seni contro il suo braccio e questo alimentava il suo bisogno.

Per alcuni istanti, ha guardato prima di dire: "Questo è molto sexy".

Lo baciò di nuovo, non così a lungo, ma altrettanto profondamente.

"Non ho mai visto un ragazzo farglielo."

"Non mi hanno mai visto farlo", ha confessato, sentendosi fuori posto, come se stesse infrangendo troppi tabù contemporaneamente.

"Non ti fermerai, vero?"

"Non ci stavo pensando." L'idea di fermarsi prima dell'orgasmo non le era mai venuta in mente.

"Bene, perché voglio vederlo. Voglio vederti avere un orgasmo."

"Questo è pazzesco," mormorò.

"Ma è divertente, no?" gli chiese, accarezzandogli la coscia nuda.

"Puoi aiutare se vuoi."

"No, voglio solo guardare," disse, anche se le tenne una mano sulla coscia.

Sapeva che stava aiutando?

"Possiamo baciarci ancora un po '?"

Si chinò e lo baciò di nuovo.

Bob si appoggiò allo schienale, rilassandosi e sciogliendosi nel suo bacio.

Nancy era sempre stata fuori portata, troppo carina e socialmente ben collegata, impossibile per uno come lui.

Per quanto Bob fosse dispiaciuto per lei, sapeva che la loro amicizia era tutto ciò che avrebbe avuto.

Ragazze come Nancy non uscivano con ragazzi geek come lui.

"Mi sto avvicinando," gemette, tirando il fondo della camicia ed esponendo la pancia.

"Hm, amo il tuo stomaco," disse, accarezzandole la carne appena scoperta.

"Soprattutto questa parte." Ha solleticato l'attaccatura dei capelli che scendeva dall'ombelico fino a raggiungere i suoi peli pubici. "Ti alleni, vero?"

"Qualcosa," gemette, avvicinandosi a quel bordo irregolare di non ritorno.

Non era un topo da palestra.

I suoi allenamenti consistevano in cinquanta squat e cinquanta flessioni ogni mattina, oltre a correre un paio di miglia a giorni alterni.

Sapeva che non sarebbe mai stato il muscoloso Adone che si meritava.

"Fallo," fece le fusa, baciandolo brevemente. "Voglio vederlo."

Bob fu travolto da un turbine alimentato dalla lussuria, dal bisogno represso, dai desideri inespressi e dalla felicità che anche il suo migliore amico sembrava felice.

Si arrese alla magia del momento, prendendo un respiro profondo prima che iniziasse il suo rilascio.

Il suo cazzo è esploso per la gioia del rilascio, sparando e spruzzando una ciocca lunga e spessa del suo sperma bianco caldo più a lungo di quanto avesse previsto.

Il suo sperma poi schizzò sulla sua camicia rugosa, atterrando sul suo petto.

Ogni gemma successiva seguì lo stesso percorso con la stessa estensione fino a quando una lunga linea di umidità bianca lattiginosa gli passò dal petto alla testa del suo cazzo duro.

"Oh merda, è sexy!" Strillò Nancy, rimbalzando di gioia. "Potrebbe essere la cosa più sexy che abbia mai visto! Grazie!"

Iniziò a schizzargli il viso con altri baci in rapida successione, così tanti che fu divertente per entrambi.

"Quindi è stato divertente?" chiese, comprendendo deliberatamente la sua reazione.

"È stato incredibile!" strillò prima di fare qualcosa che non si aspettava.

Prese una manciata di sperma dal suo stomaco e gliela mise in bocca.

"Ed è anche gustoso."

"Stai cercando di convincermi a farlo una seconda volta?"

“Stai scherzando?” Rise, raccogliendo lo sperma con un altro dito e nutrendolo. "Vedi? È delizioso, no?"

"Wow," disse con uno sguardo sorpreso. "Quindi è appena successo."

"Cosa? Non ti sei mai messo alla prova?" ha chiesto, facendo scorrere il dito in una pozza di sperma come se stesse dipingendo con le dita.

"Tu fai?"

"Lo faccio sempre", ha detto ridendo. "Ma i ragazzi mi piacciono di più, lo sanno meglio." Si leccò il dito prima di tornare a prenderne di più.

"Posso vestirmi adesso?"

"Forse," disse, anche se non si staccò da lui.

Invece, lo teneva spinto contro il divano mentre giocava con il disordine nel suo stomaco e guardava la sua virilità.

"Qualcuno ti ha mai detto che hai un grosso cazzo?"

"Non che io possa ricordare."

"Be ', ce l'hai, ed è anche fantastico."

"Grande, ma non troppo grande", ha detto, ripetendo le sue parole di prima.

Si è scusato.

Qualche istante dopo, è tornato pulito e indossava una nuova maglietta.

Si lasciò cadere accanto a lei sul divano e si scambiarono sorrisi incerti.

"Noi stiamo bene?"

Lei annuì.

"Ancora migliori amici, devo andare però."

"Per quello che è appena successo?"

"No, perché devo lavorare la mattina e si sta facendo tardi", disse, sfiorando le sue labbra contro le sue prima di alzarsi. "E potrei aver bisogno di divertirmi un po 'da solo."

"Ti sei riscaldato," disse, seguendola fino alla porta.

"Probabilmente," ammise, fermandosi a guardarlo da capo a piedi prima di aprire la porta e andarsene.

CAPITOLO 5

Nancy suggerì di pranzare in un fast food.

Bob ha riconosciuto di aver chiamato il suo cibo di conforto preferito.

Lo salutò sulla porta con un grande sorriso che non si aspettava.

"Mi dispiace," disse dopo averlo guardato dall'alto in basso e prima di dargli un educato bacio sulla guancia. "Stavo pensando a ieri sera."

"Stiamo ancora bene?" Chiedo.

"Certo," disse. "Non puoi mai più baciarmi, però. Sei pericoloso."

"Me?" rise lui, ridendo. "Hai iniziato tu!"

"Forse," ammise, fermandosi per formulare la sua richiesta.

Hanno preso le tazze, hanno visitato la stazione delle bevande e si sono seduti a un tavolo lontano da tutti gli altri.

"Va bene se parliamo ancora di Andy?"

"Qualunque cosa tu voglia," la rassicurò.

"Pensi che sia sbagliato che mi manchi ancora?"

"Non proprio." Ha alzato le spalle. "Sei con lui da quasi un anno. Penso che ti mancherà."

"Ma mi sta tradendo", ha detto, interpretando il suo ruolo di peggiorare.

"Avrebbe potuto essere un'avventura di una notte."

"E se non fosse così?"

"E se lo fosse?" chiese, interpretando l'avvocato del diavolo per lei.

Hanno smesso di parlare mentre un dipendente consegnava il cibo.

"Ti senti in colpa per la scorsa notte?"

"Perché? Non è successo niente. Voglio dire, non proprio, capisci?"

Bob annuì.

Ma non è stato così per lui.

"Non abbiamo fatto niente," insistette Nancy. "Voglio dire, certo, ci baciamo, ma e allora?"

"Pensi che Andy approverebbe?"

"Vaffanculo," si lamentò Nancy. "Non ti ho baciato per quello che sta facendo Andy." Ha preso un boccone di cibo. "E sono contento di averti baciato. Sei un baciatore straordinario."

"Assicurati di dirlo ai tuoi amici", scherzò Bob.

"Posso dirti anche il resto?" Chiese Nancy, mostrando di nuovo un sorriso.

"Puoi salvare quella parte per te."

"Te ne penti?"

"È strano sapere che mi hai visto così."

"Mi è piaciuto," insistette con un luccichio giocoso negli occhi. "Voglio farlo di nuovo."

"Tranne che hai un ragazzo."

"Posso ancora guardare, vero?"

"Credo," disse Bob ridendo.

"E se volessi fare di più che guardare?"

"Allettante, solo che hai ancora un ragazzo."

Nancy inclinò la testa, considerandolo per un lungo momento prima di allontanare il piatto vuoto.

"Vedi? Proprio lì, ecco perché ti amo così tanto."

"Perché so che hai un ragazzo?"

"Perché questo significa qualcosa per te."

"Basta non mettere alla prova questa teoria troppo", lo ammonì e lo intendeva.

"Dovrei incontrare degli amici di lavoro per bere qualcosa stasera, verresti con me?"

"Sembra che tu mi stia chiedendo di uscire", disse Bob.

"In realtà, spero che tu mi protegga da Chris. Cazzo, sta diventando fastidioso. Mi sta perseguitando da quando Andy se n'è andato e sta solo peggiorando."

"Sta davvero infrangendo il codice amico."

A Bob venne in mente un pensiero fastidioso, che voleva tenere per sé, tranne che non poteva.

"E se Chris avesse già quella foto di Andy sul telefono? E se fosse di prima che Andy iniziasse a uscire con te?"

"Non fottere!" Disse Nancy, tirando fuori il telefono e riaprendo quella dannata immagine ancora una volta.

Ha diffuso l'immagine e ne ha studiato i dettagli.

Sfortunatamente, non c'erano molti dettagli da vedere a parte Andy, il suo appuntamento e il letto.

"Mi sto stancando di guardare questa foto", si è lamentato.

Alla fine, smise di scrutare e sfoggiò uno sguardo vittorioso sul viso mentre indicava la cartellina sul comodino.

"È la stessa cartella che mi hanno dato quando ho fatto quell'allenamento l'anno scorso."

"Quindi immagino sia vero," disse Bob, sentendosi male per il suo amico mentre osservava la delusione sostituire il piacere del suo lampo di scoperta. "Scusa. Non avrei dovuto farlo notare."

"No, va bene", ha detto, guardando di nuovo l'intera immagine. "Stavi cercando di difendere Andy, non di gettarlo sotto l'autobus."

"Sì, sono solo stupido in quel modo."

"Non è stupido, si chiama essere un amico. Ti bacerei, tranne ..." si interruppe, non terminando il suo suggerimento.

"Tranne che hai un ragazzo."

"In realtà, stavo per dire: tranne forse non voglio smettere."

"E tu hai un ragazzo," insistette Bob.

"Solo per un altro paio di settimane," disse, mettendo via il telefono. "Allora verrai a bere con me stasera?"

"Ti fidi abbastanza di me per questo?"

Lei rise.

"E ti fidi di me? Forse voglio vederti di nuovo nudo."

"Mi vuoi infastidire."

"Forse," disse con un occhiolino scherzoso. Bob avrebbe voluto capire cosa significasse quell'occhiolino. Stava giocando o flirtando?

CAPITOLO 6

Per il bene delle apparenze, Bob è andato nei locali senza offrirsi di andare a prendere Nancy per lei.

Erano amici e niente di più, ma altre persone avevano difficoltà a capire la differenza.

Per lo stesso motivo, Bob era un po 'in ritardo.

Passeggiando per i locali, ha osservato la scena.

Gli amici del posto di lavoro di Nancy occupavano lo spazio centrale intorno al bar.

Vide volti che riconosceva da incontri simili.

Sorrise anche alle persone che lo riconoscevano vagamente.

Vide Any e Julia sedute in una cabina e sapeva che Nancy non sarebbe stata lontana dai suoi due amici.

"Bob!" Qualcuno strillava non appena lo vedeva.

Saltò fuori dalla cabina e gli diede un abbraccio da orso.

"Nancy ha detto che saresti stato qui."

"Sono, ma lei dov'è?" Ha chiesto, scambiando abbracci e baci d'aria con entrambe le donne.

"Al bar, accanto a Chris," disse Julia. "Sta lavorando sodo."

"Così ho ascoltato", ha detto Bob. "Mi ha chiesto di bloccarle il cazzo."

"Sei una così buona amica," disse Any con uno sguardo di ammirazione negli occhi. "Abbiamo provato noi stessi, ma Chris ci ha semplicemente messo fuori combattimento."

"Penso che le abbia mostrato un'altra foto", si offrì Julia.

"Non lo capisco. Perché?" Qualsiasi detto.

"Oh, sono ragazzi. Erano nella stessa confraternita al college, quindi sono vicini."

"Immagino," ammise Bob, rendendosi conto che Julia si riferiva a un mondo che non aveva mai capito.

Ha accettato il suo posto nella vita come un geek circondato da amici per lo più geek.

Una volta, Nancy lo aveva accompagnato a una festa al suo lavoro e aveva riso alla vista di così tante persone magre con gli occhiali in una stanza.

Bob si è avvicinato al bar, insieme al suo amico.

"Ciao", ha detto.

Fece un cenno a Chris.

"Ciao bello!" Nancy riuscì a sorridere prima di baciarla sulla guancia.

Alle sue spalle, vide Chris valutarlo senza ottenere informazioni sufficienti per giungere a una conclusione valida.

"Julia è seduta in una cabina," disse Nancy, afferrandogli la mano e trascinandolo via.

Una volta che erano fuori portata d'orecchio di Chris, ha spiegato:

"Ho detto a Chris che ti stavo aspettando così potevo andarmene senza che lui si arrabbiasse."

CAPITOLO 7

Trascorsero un'ora a bere e ridere, soprattutto per l'occhio vigile che Chris teneva al quartetto.

Bob si è divertito, ha bevuto una birra e l'ha fatta durare.

Né Nancy né Julia hanno mostrato la stessa moderazione.

"Presumo che tu sia il conducente designato?" Bob ha chiesto a Any.

"Sì," disse con un sospiro.

Quando Julia si è ubriacata, si è interessata di più a Bob.

Era uno schema che aveva già ripetuto prima di quella notte.

"Sei così carino," disse, penzolando dal suo braccio.

Bob ha chiesto aiuto a Nancy.

Sebbene Julia fosse carina, era appiccicosa e un po 'goffa, due tratti che l'avevano spenta.

"Tu pensi?" Nancy ha lanciato. "Ed è anche un grande baciatore."

"Pensavo che voi due foste solo amici?" Chiese Julia, confusa.

"Migliori amici," disse Nancy. "Sei fortunato che ho già un ragazzo."

“Un ragazzo?” Ha detto qualcuno, aprendo gli occhi. "Chris ti ha mostrato un'altra foto?"

"Mi ha mostrato un sacco di foto. Apparentemente ha un'intera collezione che Andy gli ha mandato di altre donne."

"Che pervertito!" Qualsiasi detto, facendo eco alle opinioni di tutti gli altri al tavolo.

"Dannati ragazzi della confraternita," aggiunse Julia prima che le tre donne fossero furiose per il fatto che quasi tutti i ragazzi fossero idioti e indegni di loro.

"Vedi cosa succede se non rispetti la nostra ragazza?" Qualcuno ha chiesto a Bob.

"Non lo farei mai," disse confuso. "Inoltre, siamo solo amici."

"Uh-huh," disse Julia, aprendo gli occhi. "Amici che si baciano."

Nonostante la tirata antiuomo che avevano appena terminato, si avvicinò di nuovo con Bob.

"Voglio essere tuo amico."

"E ha un grosso cazzo," si offrì Nancy.

I suoi amici applaudivano quel boccone di informazioni con urla e ululati alimentati dall'alcol.

"Devo chiederti come fa a saperlo?" Ha chiesto Julia.

"Probabilmente no," disse Bob, sentendosi molto a disagio con la direzione della conversazione.

"Me l'ha mostrato", annunciò Nancy, attirando gli sguardi sorpresi dei suoi amici. "Non è successo niente. Be ', non proprio."

"Mio Dio, lei arrossisce!" Qualcuno ha urlato, indicando la situazione di Bob.

"Va bene, voglio i dettagli", ha chiesto Julia.

Bob guardò Nancy.

Li aveva fatti entrare in questo, poteva tirarli fuori anche loro.

Tranne che a Nancy non interessava farlo.

"Avanti, diglielo."

Con gli occhi spalancati, Bob scosse la testa.

In nessun modo poteva spiegare cosa fosse successo.

"Bene," disse, finendo la sua birra.

La sua storia era una palese bugia.

"Ci siamo davvero ubriacati una notte, ha perso una scommessa e gliel'ho fatta mostrare".

"È stato difficile?" Qualcuno ha chiesto.

"È davvero grande?" Julia voleva sapere.

"Grande, ma non troppo grande," disse Nancy ridendo. "Sì, carina".

"Carina?" Chiese Bob, incerto se fosse una buona parola per descrivere il cazzo di un uomo.

"Sì, lo è," insistette. "Però dovresti farti la barba."

"Mi piace quando un uomo si rade lì," disse Any, accettando la bugia di Nancy senza esitazione.

"Anch'io," concordò Julia. "Perché dovrebbero aspettarsi che ci radiamo lì se non lo fanno anche loro?"

"Lo terrò a mente per la prossima volta", ha detto Bob, annotando mentalmente l'inizio di una nuova relazione.

"Posso vederti farlo?" Chiese Nancy.

Bob ha continuato a giocare.

"Assicurazione."

"Potresti portare un amico?"

"Più sono, meglio è", ha detto.

Sicuramente stava scherzando.

"Non potevo andare. Ho un ragazzo", si è lamentato Any.

"Anch'io," fece notare Nancy.

"A parte il fatto che ha un vero ragazzo," fece notare Julia.

Bob ha cercato di terminare la partita annunciando: "Non mi raderò lì stasera".

"Che ne dici di farlo?" Si offrì Julia. "Ero un parrucchiere, quindi sono molto bravo con rasoi e rasoi."

"E non lascerò che una ragazza ubriaca lo faccia", ha insistito.

"Bene, allora vedremo che lo fai," disse Nancy, distorcendo le parole.

Ha chiesto una decisione alla sua amica.

"Guardarlo radersi non è la stessa cosa che barare, vero?"

"Non è paragonabile a quello che probabilmente farà Andy stasera", ha detto Any.

"Ouch," disse Bob, notando che Nancy faceva una smorfia.

Il suo cuore era con lei.

Meritava qualcuno molto meglio di Andy (o Chris).

"Mi dispiace così tanto," disse rapidamente Any, scusandosi con la sua amica.

Nancy si strinse nelle spalle prima di buttarsi in gola il resto della birra.

Fece un lungo e rumoroso rutto seguito da un sorriso molto soddisfatto.

"Qualcuno mi ordina un altro drink."

Si alzò e andò in bagno.

Julia e Any la seguirono.

CAPITOLO 8

Bob ordinò birre per due delle tre ragazze e guardò il telefono.

Alzò lo sguardo e vide Chris in piedi davanti al tavolo.

"Sai che non hai possibilità con lei?" Ha chiesto Chris.

"Scusate?" Chiese Bob in risposta, confuso.

"Sai chi intendo," Chris era infuriato. "Non gli piacciono i geek o i mostri."

"Siamo solo amici," rispose Bob, supponendo che Chris si stesse riferendo a Nancy.

"Tienilo così," disse Chris prima di tornare al suo posto al bar.

Bob ha avuto alcuni momenti per considerare le parole di Chris.

Non si era mai preoccupato dei bulli o di essere vittima di bullismo.

Quando le ragazze tornarono, solo due delle tre si sedettero di nuovo.

"È successo qualcosa," disse Any, in piedi all'estremità del tavolo. "Pensi di poterli portare a casa?"

"Certo che puoi," disse Nancy, rispondendo per lui. "Non ti dispiace, vero?"

Bob sentiva di essere manipolato, ma diede la stessa risposta che avrebbe dato senza sospettare che stesse succedendo qualcos'altro.

"Non mi interessa".

"Grazie," disse Any, chinandosi e baciandolo sulla guancia.

"Essere buono!" Ha detto prima di partire.

"Non hai intenzione di bere un altro drink?" Gli chiese Julia.

"No sì visto che vado a guidare."

"Bob ha paura di bere troppo perché potrebbe svenire", ha detto Nancy, offrendo un altro motivo per cui dovrebbe stare attento con l'alcol.

"È successo solo una volta," le ricordò.

"Lo so, ma ti assicuro che è stato divertente."

"È stata quella volta che l'hai visto nudo?" Chiese Julia, appoggiandosi allo schienale di Bob.

"Uh-huh," confermò Nancy con un sorriso così grande e deliziato che Bob si chiese se ci fosse del vero nella sua precedente bugia.

Quando l'impiegato tornò per un altro ordine da bere, Julia lo rifiutò.

"Ma è ancora presto."

"Ho dei liquori a casa mia," disse Julia prima di sfoggiare un grande sorriso. "E tutti i miei strumenti per tagliare i capelli."

"Dovremmo andare," insistette Nancy, con un grande sorriso tutto suo.

Bob pensava che tutto fosse stato preparato.

Invece di protestare o litigare, giocava le sue carte.

Fece strada verso la sua macchina.

"Questo è tuo?" Chiese Julia, meravigliandosi del rosso antico brillante che brillava sotto le luci del parcheggio.

"Già," la rassicurò Bob, aprendo la portiera del passeggero della sua classica Mustang.

Non si è preoccupato di spiegare che era come un investimento, un'auto che poteva guidare senza perdere valore.

Nancy salì sul sedile posteriore, permettendo a Julia di sedersi davanti.

Quando Bob si sedette accanto a lui, notò che Chris era fuori dalla stanza.

Bob sorrise e salutò.

CAPITOLO 9

Julia viveva nelle vicinanze, ma ha parlato per tutto il tempo che hanno impiegato per arrivare.

Né Bob né Nancy potevano dire una sola parola nel loro monologo.

Parcheggiò davanti al suo appartamento in stile casa di città e seguì le ragazze all'interno.

"Non posso credere che lo faremo davvero," disse Julia mentre armeggiava con la serratura.

"Lo stesso qui ..." disse Bob, accigliandosi a Nancy.

"Andiamo, sarà divertente," disse Nancy, sembrando eccitata.

L'appartamento di Julia corrispondeva al suo carattere allegro.

I suoi mobili includevano grandi stampe floreali.

Il rosa e il rosa intenso erano chiaramente i suoi accenti preferiti.

Mentre mescolava dei drink, Bob sussurrò a Nancy:

"Tutto quello che manca qui è una dozzina di gatti."

Bob prese un sorso del suo drink, dimostrò che era principalmente alcol e lo mise da parte.

Nancy ha sottolineato che i sottobicchieri includevano tracce di gatti.

"Dovrei prendere le mie cose," disse Julia correndo al piano di sopra eccitata.

"Non lo farò mai", disse Bob a Nancy.

"Nemmeno per me?" chiese, rannicchiandosi accanto a lui sul divano.

Gli premette il petto contro il braccio e si strofinò la coscia.

"Sei serio?" Chiese Bob, sorpreso dalla sua franchezza. "Quanto sei ubriaco?"

"Abbastanza ubriaco," disse, voltando il viso verso il suo e dandogli un bacio veloce.

"Nancy, per favore," la pregò Bob, dimenandosi a disagio.

"Andiamo," insistette, dandogli un altro bacio mentre cercava di sbottonargli i pantaloni.

"Veramente?" chiese, sbalordito dalla sua attesa. "Non hai un fidanzato?"

"Non succederà niente. Non proprio." Gli diede un altro bacio. "Voglio solo mettermi in mostra."

"Forse non voglio vantarmi," disse Bob, chiedendosi perché Julia ci mettesse così tanto tempo lassù.

Non dovrei interromperli adesso?

"Per favore, quale ragazzo non vuole mettersi a nudo con due ragazze e vedere cosa succede?"

"Ti spogli anche tu?"

"Forse," suggerì Nancy, premendo i seni contro il suo braccio.

Bob sentì la sua forza di volontà indebolirsi.

"Posso scendere adesso?" Chiamò Julia dalla cima delle scale, interrompendo il momento.

"Idiota," mormorò Nancy.

Bob ridacchiò.

"Potresti anche nascondere il tuo sollievo," disse Nancy, allontanandosi da Bob.

A bassa voce, gli disse: "Non sei ancora fuori pericolo".

Con una borsa rosa con i lacci penzoloni, Julia sembrava confusa.

"Ma non è nudo."

"Sì, mi chiedo perché ...". Nancy sospirò. "È quasi come se qualcuno ci avesse interrotto."

Julia sembrava confusa piuttosto che dispiaciuta per non aver lasciato che il suo piano funzionasse.

"Sei timido?" Gli ha chiesto.

"Qualcosa del genere", ha detto.

Julia si rivolse a Nancy in cerca di aiuto, non ne trovò e prese in mano la situazione.

Posando la borsa, si mise a cavalcioni sulle gambe di Bob appoggiandosi sulle ginocchia.

"Non te ne andrai da qui finché non avremo finito di fare un controllo."

"Non lascerò che una ragazza ubriaca si avvicini a me con strumenti affilati", ha spiegato.

"Primo, non sono così ubriaco. E secondo, se fossi sobrio, non lo farei."

"Dovresti baciarlo," suggerì Nancy. "È un ottimo baciatore."

Julia prese il viso di Bob e testò il suggerimento di Nancy.

I suoi baci erano piacevoli, ma non erano sorprendenti come i baci di Nancy.

I baci di Julia erano sciatti al confronto.

Bob si aggiustò e ricambiò il bacio senza offrire la lingua.

Sapere che Nancy lo stava guardando lo imbarazzava.

"Perché stai arrossendo?" Chiese Julia, notando il suo viso arrossato quando si allontanò.

"Non lo so," mormorò.

"È emozionante vederlo baciarlo," disse Nancy, sorridendo ampiamente. "Fallo ancora."

Julia prese un altro bacio da lui.

Mentre si baciavano, Nancy guidò una delle mani di Bob al petto di Julia.

Julia gemette e il suo bacio si intensificò non appena la sua mano si posò sul suo petto.

"Mm, caldo," fece le fusa Nancy, premendo di nuovo contro il braccio di Bob.

Quando Julia si allontanò, Nancy girò la testa di Bob e prese un altro bacio per lei.

Baciò Nancy mentre palpava Julia e la sua testa si voltò di scatto.

Si sentiva ubriaco senza bere mentre il suo corpo apprezzava l'emozione di queste due donne che lo baciavano.

"Qualcuno sta diventando duro," annunciò Julia, dimenandosi contro il rigonfiamento che cresceva nei suoi pantaloni.

"Voglio vedere," disse Nancy, guardando il corpo di Bob.

"Anch'io," disse Julia, chinandosi per un altro bacio.

Mentre le sue labbra erano occupate, lo erano anche le sue mani.

Si sbottonò la parte anteriore dei pantaloni mentre Bob le esplorava il petto.

Entrando nella sua camicia, trovò i ganci del reggiseno e lo aprì abilmente.

Quando le sue mani tornarono sulla fronte, lui allungò una mano sotto il reggiseno sciolto e le prese i seni nudi.

Ha trovato i capezzoli rigidi e ha ceduto all'istante.

Julia si aprì i pantaloni e i fianchi.

"Aiutami," disse a Nancy, baciando subito Bob di nuovo.

Quando le loro lingue si incontrarono, sentì Nancy tirare su e giù i suoi pantaloni finché non rimase senza niente.

Julia interruppe di nuovo il loro bacio, questa volta in modo che potesse tirare la camicia sopra la sua testa, lasciandolo nudo e duro.

"Oh wow," disse, mettendosi in mezzo e avvolgendo la mano attorno al suo cazzo duro.

"Vedi? Grande senza essere troppo grande," disse Nancy, di nuovo sul divano e guardando l'azione.

Julia teneva le mani tra le gambe, toccando e accarezzando la durezza di Bob mentre si baciavano.

Bob le spinse via la camicetta, sperando di rimuoverla in modo che non fosse l'unico nudo.

"No," disse Julia, spingendo via le mani. "Solo tu."

"Be ', questo è ingiusto," disse Bob, cercando aiuto a Nancy che non ottenne.

"Perché no? Cosa c'è di sbagliato nell'essere nudi per noi?"

"È imbarazzante", ha detto Bob, frustrato e sentendosi molto vulnerabile.

"Mi piace," insistette Nancy.

"Anch'io," si offrì Julia, scivolando giù dalle sue ginocchia e prendendo il suo drink.

I suoi occhi non lo lasciarono mai mentre beveva un piccolo sorso.

"Ma hai ragione, bilanciamo un po 'le cose."

"Cosa intendi?" chiese, combattendo l'impulso di coprire la sua durezza.

Come poteva essere nudo, chiaramente eccitato e ancora naturale?

"Ha un gran corpo," disse Julia, infilando una mano nella camicetta e sfilandosi il reggiseno senza togliersi la maglietta.

I suoi capezzoli sembravano ancora duri.

"Non è così?" Nancy ha risposto come se Bob non potesse sentirli.

"Perché non lo scopi?"

"Perché siamo amici," spiegò Nancy, come se fosse una spiegazione sufficiente.

"Fanculo essere amici," disse Julia, guardando Bob. "E qual è la tua scusa?"

"Perché siamo amici," disse Bob con un'alzata di spalle.

Poi ha aggiunto:

"E ha sempre un ragazzo."

"Voi due siete fottuti," disse Julia, scuotendo la testa mentre prendeva la borsa.

"Cominciamo. Vieni con me in cucina."

Bob ha combattuto l'impulso di raccogliere i suoi vestiti e correre con loro.

Ma camminare per la casa di Julia nudo e duro sembrava strano.

"Hai un culo così carino," disse Nancy, seguendolo.

Gli pizzicò il sedere nudo.

"Basta," disse, saltando in piedi e ridendo.

CAPITOLO 10

Julia ha allineato il suo kit da toeletta sul bancone, inserendo il rasoio nella presa.

Prese una sedia e si sedette.

"Va bene, ragazzo nudo, resta qui."

Ha indicato davanti a lei.

Con un sorriso malinconico, gli accarezzò più volte il cazzo duro prima di guardarlo e chiedergli:

"Qualunque richiesta?"

"Non lo so," rispose, guardando Nancy in cerca di un suggerimento.

"Completamente cerato funzionerebbe per me," disse Nancy, appoggiandosi al bancone in modo da poter guardare.

Aveva un grande sorriso e sembrava molto felice.

"È quello che stavo pensando anche io," disse Julia, accendendo il rasoio, tenendo da parte la sua dura erezione e rastrellando il rasoio in linea retta.

Non appena ha iniziato a lavorare, il suo comportamento è cambiato e ha cominciato a sembrare tutti i parrucchieri che Bob aveva visitato con il suo flusso costante di conversazioni.

"Lo facevo sempre al mio ultimo ragazzo. Gli piaceva anche la ceretta. Anche dopo che ci siamo lasciati, volevo che continuasse a farlo, ma non l'ho fatto dopo. Voglio dire, perché dovrei? Perché dovrei volerlo? La barba per un'altra ragazza? È pazzesco. L'ho fatto una volta, solo perché faceva caldo, ma non è successo niente. Avevo un bel cazzo, ma non buono come il tuo. Mi piace molto quanto è morbido il tuo. Molti ragazzi Hanno quelle vene davvero grandi e sporgenti quando si induriscono e sono carine e.tutto, tranne la tua è più carina ... "

Bob guardò Nancy che stava osservando attentamente l'azione intorno al suo cazzo duro.

Passò un momento prima che alzasse lo sguardo e incontrasse i suoi occhi.

La guardò e lei capì esattamente cosa intendeva.

"Mai," rispose lei, rispondendo alla sua domanda inespressa sul fatto che Julia stesse zitta.

"Le uova sono complicate", ha detto Julia, ignara di tutto tranne che del suo lavoro. "Guarda, devi levigarli in modo da poterli tagliare senza graffi."

Accarezzò il sacco di palline di Bob, apparentemente ignara di come il ronzio del rasoio contro le sue palle eccitasse tanto quanto i suoi teneri colpi.

Invece, ha continuato a divagare.

"Mi sono anche offerto di farlo per il ragazzo di Any, ma lei non pensava che fosse una buona idea. Non so perché. Non è che le sto facendo un pompino o qualcosa del genere."

"Sembra più una sega", ha iniettato Bob.

"Aspetta che arrivi alla parte della crema da barba", disse Julia, picchiettando l'interno dei piedi di Bob.

Ha ricevuto il messaggio che lei voleva che lui allargasse la sua posizione.

Raccogliendo le sue palle, rastrellò il rasoio attraverso l'area sottostante e anche dietro le sue palle.

Mise da parte il rasoio, prendendosi il tempo di staccarlo e gettarlo nella borsa prima di prendere una ciotola per rasoio.

Ha aggiunto un po 'di polvere, un po' d'acqua e ha usato un pennello da barba vecchio stile per fare una schiuma cremosa.

Usando il pennello, ha dipinto della schiuma intorno al suo cazzo duro, attraverso le sue palle e anche tra le sue gambe.

Appoggiandosi allo schienale della sedia, lei lo guardò preoccupata.

"Non ti piacerà quello che devo fare dopo."

"Perché? Cosa hai intenzione di fare?" chiese, ora preoccupato.

"Beh, ho bisogno di radermi dietro il tuo cazzo e sei davvero duro."

"Così?"

"Quindi, ho bisogno che tu non sia così duro così posso radermi lì."

"Non che io possa controllarlo", ha detto.

"Lo so, ma è importante, quindi dovrai fidarti di me", ha detto. Bob non l'ha fatto, anche se ha mantenuto la sua posizione. "Prometto che ti farò perdonare."

"Cosa pensi di fare per me?" Chiedo.

Senza ulteriore preavviso, Julia pizzicò il fascio di nervi sensibile appena sotto la testa del suo cazzo, quel punto segnato sul cazzo di un uomo per la circoncisione.

Lei pizzicò esattamente quel punto e lui si dimenò, sorprendendolo con un'istantanea scossa di dolore più incredibile di quanto avrebbe potuto immaginare.

"Dio!" ruggì, allontanandosi e guardandola come se fosse il più malvagio dei supercriminali.

La sua eccitazione svanì all'istante e il suo cazzo un tempo orgoglioso affondò.

"Ho avuto un terapista sessuale che me lo ha insegnato", ha spiegato Julia a Nancy, che sembrava altrettanto mortificata. "Ha detto che era un buon modo per aiutare un uomo che soffre di eiaculazione precoce. Lo lasci avvicinare all'orgasmo e poi lo pizzichi per perdere l'emozione."

"Mi fa un male," disse Bob, ancora riprendendosi da un'improvvisa scossa di dolore e non fidandosi più di Julia.

"Lo so, piccola," tubò Julia. "Ma ti prometto di farmi perdonare."

"Come?"

"Torna qui e guarda," disse, tirandolo più vicino.

Con un rasoio in mano, grattò abilmente la barba che sarebbe stata nascosta dietro il suo pene gonfio, compresi i pochi peli che gli crescevano sul membro.

"Ecco, ora puoi diventare duro di nuovo."

"Non credo di volerlo" disse, ancora arrabbiato e sospettoso.

"No, davvero," disse, accarezzandogli il cazzo. "Ho bisogno che tu diventi un duro per il resto di questo. È più facile farti le palle se sei duro."

Anche se la sua mano si sentiva bene scivolare lungo la sua lunghezza, non era abbastanza per cambiare la direzione della sua erezione.

Essere nudi davanti a loro era già stato abbastanza imbarazzante, ma quel grande dolore inaspettato aveva spezzato l'incantesimo.

"Penso di poter fare il resto a casa."

"Non fare così," disse Nancy, allontanandosi dal bancone.

Gli avvolse un braccio intorno al collo e avvicinò il suo viso al suo per un bacio.

Mentre il loro bacio indugiava, le carezze di Julia iniziarono a diventare più attraenti fino a quando il cazzo di Bob non fu di nuovo a tutto gas.

"Cazzo, mi piace sembrare un duro," disse Nancy, facendo un passo indietro per appoggiarsi al bancone.

"Grazie," disse Julia, tornando a lavorarci sopra e riprendendo le sue chiacchiere insensate. "Neanche al mio ragazzo piaceva quella parte. Doveva sempre succhiarlo forte dopo. Poi ci siamo resi conto che avrebbe potuto salvargli quel dolore dall'ultima parte. Quindi lo raderava ovunque poteva essere duro, lo succhiò via , è venuto e poi ho potuto raderlo là dietro. "

"Avresti potuto farmi questo," si lamentò Bob.

"Tranne che avremmo fatto sesso", ha detto Julia.

"E?" Chiese Bob, confuso perché sarebbe stato un problema.

Julia guardò Nancy prima di rivelare:

"Volevamo solo vederti nudo per raderti."

"Veramente?" Chiese Bob, sentendosi giocato.

"Oh, non fare così," disse Nancy, sorseggiando il suo drink.

Gli sorrise e sembrava già ubriaca.

"Ti vedremo anche masturbarti se vuoi."

"Oh mio Dio, sarebbe così caldo!" Julia intervenne, sciacquando il rasoio prima di tornare al lavoro. "Non ho mai visto un ragazzo farlo, non nella vita reale. Tuttavia, ho sempre voluto vederlo."

"Fa un caldo infernale quando lo vedi", disse Nancy.

"L'hai visto? Sono già così geloso! A chi l'hai fatto? Era Andy? Scommetto che è stato fico come dici tu. È così fottutamente bello!"

La risposta di Nancy ha sorpreso Bob:

"È stato con qualcuno più sexy di Andy."

"Più caldo di Andy?" Chiese Julia incredula. Hai menzionato l'ultimo ragazzo di Nancy. "Non poteva essere Jim, dato che Andy è molto più sexy di Jim. Non fraintendermi, direi di sì in un batter d'occhio, ma penso che Andy sia molto più carino."

"Solo che Andy è un giocatore che tradisce", fece notare Nancy, bevendo una lunga sorsata.

"Sì, ma comunque," disse Julia, lavorando sul corpo di Bob come se non fosse altro che un manichino. "Hai intenzione di rompere con lui quando torna?"

"Perché? Vuoi iniziare a uscire con lui?"

"Non subito dopo di te, ma se rimane nel mercato, non lo so. Andrebbe bene?"

"Puoi scopare chi vuoi," annunciò Nancy con l'acido gocciolante dalle sue parole.

Julia non fu sorpresa dal suo tono.

Ha buttato il resto del suo drink.

"Mi dispiace. Non dovrei parlare di lui, giusto?"

"Probabilmente no," concordò Bob. Aveva visto come l'umore di Nancy era calato. "Hai quasi finito?"

"Quasi," disse Julia, rastrellandosi anche tra le gambe.

Prese un panno pulito da un cassetto e lo usò come asciugamano, asciugandosi gli ultimi pezzetti di crema da barba dal corpo prima di rivolgerlo a Nancy.

"Ecco! Cosa ne pensi?"

"Adesso va bene," disse Nancy, cambiando la sua espressione triste in un sorriso.

"Dovresti sentirlo," disse Julia, strofinando le mani sopra e intorno all'erezione gonfia di Bob. "È così morbido."

Nancy si fece avanti per brancolare.

Il cazzo duro di Bob pulsava per l'attenzione di due ragazze che lo toccavano e lo accarezzavano.

"Ti piace così?" Gli ha chiesto.

"Come può non piacermi?" chiese, troppo eccitato per essere imbarazzato dalla sua attenzione.

"È ancora più piacevole quando lo succhi," suggerì Julia.

"Ti credo sulla parola", rispose Nancy. "Ma va bene se vuoi."

Julia guardò con desiderio il cazzo duro di Bob mentre lo accarezzava.

Si leccò le labbra e, per un momento, pensò di farlo.

"Non credo che volessi smettere di succhiarlo."

"Si sta facendo troppo tardi," disse Bob, preoccupato che permettere a Julia di fare di più potesse portare a un impegno che non voleva avere. "E devo ancora riportare Nancy a casa."

Bob si è vestito e hanno salutato Julia.

CAPITOLO 11

Nancy avvolse il suo braccio intorno a Bob per supporto mentre la conduceva alla macchina.

"Sei davvero ubriaco," disse, ridacchiando.

"Perché hai dovuto menzionare Andy?" Si lamentò Nancy.

"Sì, non so cosa pensasse," disse Bob, aprendo la porta al suo amico.

Dopo essersi messo al volante, Nancy allungò una mano e cercò di sbottonargli i pantaloni.

"Wow, cosa stai facendo?"

"Voglio vederlo di nuovo," disse Nancy, premendo le sue labbra contro quelle di Bob.

Trovava difficile resistere al suo bacio e alle sue mani impegnate, ma trovò la forza.

"Devo guidare".

"Fammi sentire di nuovo."

"Aspettiamo di portarti a casa e poi te lo farò vedere di nuovo."

"Hai promesso?"

"Sì," disse, sperando che tutto l'alcol che aveva consumato avrebbe cambiato l'equazione una volta arrivati a casa sua.

CAPITOLO 12

"Mi piace vederti nuda," disse Nancy mentre guidava.

Cercò di ignorare la sua mano appoggiata sulla sua coscia, anche se il contatto intimo lo manteneva duro e bisognoso.

"E penso sia stato sexy che anche tu ti sia spogliata davanti a Julia."

"Non che avessi scelta", ha detto.

"Uffa, non fare così. È divertente essere nudi, no?"

"Sono diventato duro, no?" ha detto invece di ammettere il suo ruolo nel farlo in quel modo. "Siamo ancora solo amici, giusto?"

"Migliori amici."

"Anche se mi hai visto nudo?"

"Penso che questo ci renda migliori amici," disse, facendo scorrere la mano più in alto sulla sua coscia fino a quando il lato della sua mano premette contro il suo inguine.

"Tuttavia, non credo che dovremmo baciarci di più."

"Perché?" chiese, imbronciata.

"Perché questo mi fa venir voglia di fare più di quanto possiamo fare."

"Sì, anche io," disse ridendo. "I tuoi baci mi fanno bagnare."

"Vedi?"

"Ma forse mi piace essere calda e a disagio", ha detto, passando la mano sul suo rigonfiamento.

"Dovresti tenerlo per il tuo ragazzo."

"Tranne che non è qui intorno," disse, allontanando la mano dal suo rigonfiamento, ma tenendola sulla gamba. "Sai, anche le ragazze si masturbano."

"Lo so."

"Quindi è tutto quello che succederà. Mi ecciti e poi mi masturbo, perché è così importante?"

"Non lo so," disse, cercando di portare avanti questa conversazione con una Nancy ubriaca che cominciava a sembrare sciocca.

"Vorrei che ti fossi masturbato davanti a Julia."

"Perché?"

"Perché sarebbe stato troppo caldo," disse Nancy, stringendole la gamba senza raggiungere la sua mano vicino alla sua zona di pericolo. "E so che l'avrebbe eccitata anche lei."

"Oh, penso che si sia eccitato abbastanza da fare quello che ha fatto."

"Sì, probabilmente si sta masturbando e sta pensando a te in questo momento. Come ci si sente?"

"Strano," disse Bob, rendendosi conto che probabilmente aveva ragione.

Quando parcheggiò davanti a casa, si rese conto che non doveva restare.

Dovresti aiutarla a entrare nel suo appartamento e poi andarsene il prima possibile.

Aspettò che lui aprisse la porta.

Ancora una volta, gli avvolse il braccio intorno alla vita e gli si appoggiò contro per sostenersi.

Ha lavorato alla serratura per lei.

Lo tirò dentro e iniziò a baciarlo.

"Wow," disse, allontanandosi dopo il loro primo bacio. "Pensavo che non lo avremmo più fatto."

"Mi dispiace", ha detto con un sorriso e una risatina che ha messo in chiaro che non aveva rimpianti.

Ha iniziato a lavorare la parte anteriore dei pantaloni.

"Hai intenzione di masturbarti per me?"

"Non credo che dovrei fare niente," disse, togliendole le mani.

"Ma hai promesso," insistette, aprendo la cerniera e tirando i suoi pantaloni.

Senza motivo per essere altrimenti, era ancora duro.

Bob si rese conto che doveva fare i conti prima che le cose sfuggissero di mano.

"Andy," disse, odiandosi un po 'per aver pronunciato il nome del suo ragazzo in quel modo.

"Andy è il motivo per cui non ti sto trascinando nella mia stanza e ti scopo."

Sfiorò le labbra contro le sue, gli sollevò la camicia e interruppe il bacio per togliergli la camicia.

Fece un passo indietro e lo ammirò in piedi nudo tranne che per il rigonfiamento di stoffa intorno alle sue caviglie.

"Ora è di questo che sto parlando."

Nancy si voltò, si avvicinò al suo divano e si sedette.

Tutto il suo viso si illuminò di un grande sorriso e nei suoi occhi apparve un bagliore di gioia.

"Abbi il coraggio di venire qui e sederti con me."

Sentendosi sciocco, Bob si tolse i pantaloni.

Il suo cazzo bisognoso pulsava.

Sentiva la stanza in un modo che non aveva mai provato prima quando l'aria baciava la sua carne nuda, non abituata a essere esposta in quel luogo.

Non aveva idea di cosa fare con le sue mani.

Si sedette accanto a lei, allungò le gambe, incrociò le caviglie e si portò le mani alla testa.

Fanculo.

Se stava per essere nudo e duro di fronte a Nancy, perché cercare di coprirsi?

"Penso che dovresti essere così ogni volta che siamo insieme," disse Nancy, dimenandosi mentre ammirava apertamente la sua nudità.

Anche lui l'ammirava, incapace di perdere di vista i punti gemelli che incombevano su di lei o lo sguardo affamato nei suoi occhi.

"Cosa c'è per me?" chiese con un sorriso ironico.

"Va bene se lo faccio?" Chiese, facendo scorrere la mano lungo il suo ventre piatto finché le sue dita non toccarono la carne, di solito ricoperta di peli pubici.

Accarezzò con cura il suo cazzo duro.

La sua erezione pulsava, implorando l'attenzione che il suo corpo desiderava.

"Sono molto vicino," disse, annunciando qualcosa che sicuramente sapeva.

"Fammi una promessa," disse, chinandosi e sfiorando le sue labbra contro le sue. "Promettimi che la nostra amicizia non cambierà se succede qualcos'altro."

"Dipende da cosa è", ha detto, incerto su quanto il suo cuore potesse sopportare.

"Non lo so," disse, facendo scorrere un dito lungo il suo cazzo duro e sorridendo quando lo vide saltare. "So che pensi che io sia davvero ubriaco, e lo sono, ma non mi ubriaco così tanto come te."

"Lo so," disse lui, essendole stato vicino prima, dopo che aveva bevuto troppo.

Nancy diventava sempre eccessivamente affettuosa quando beveva troppo.

Era un'ubriaca emotiva.

"Ricordo sempre quello che ho fatto il giorno dopo."

"È successo solo quella volta," disse con un profondo sospiro.

Lo ignorò, dando alla sua erezione un'altra carezza con un dito e finendo per avvolgere il dito intorno alla sua testa di cazzo viola rossastro. "Amo essere tuo amico".

"Anch'io amo essere tuo amico."

"Lo so, ma stai zitto un secondo." Ingoiò un singhiozzo mentre il resto dell'alcool che aveva ingerito entrava nel suo sistema. "Mi piace essere tuo amico e che anche tu lo sei."

Si appoggiò alla sua spalla.

Sembrava più come se stesse cadendo contro la sua spalla.

"E penso che vada bene se ti vedo nudo."

"Va bene", ha permesso.

"E voglio vederti così tutto il tempo perché sei caldo come l'inferno."

"No io non sono."

"Sì, lo sei," insistette, punteggiando ogni parola toccando il suo cazzo duro e usando quel tono deciso, che le persone ubriache facevano così bene. "E voglio mettermi in mostra con tutti i miei amici."

"Uh-huh," disse, aspettandosi che lei esagerasse.

Ha abbassato una delle sue mani e l'ha messa sul suo cazzo.

"Penso che dovresti masturbarti adesso."

"Perché?"

"Perché voglio vederti farlo."

Bob la studiò per un momento.

Qualcosa nei suoi occhi diceva che aveva qualcosa in più per la testa.

"E?" ha suggerito.

"E voglio provarti, solo che non posso farti un pompino perché ho ancora un ragazzo."

Scivolò lungo il suo corpo, spostandosi per appoggiare la testa sul suo petto.

"Fallo," disse, tenendo la mano intorno al suo cazzo e muovendola per lui.

"Veramente?" chiese, muovendo delicatamente la sua mano su e giù sotto la sua mano.

"Per favore?" pregò, allontanandosi e lasciandogli vedere i suoi occhi. "Voglio davvero assaggiarti."

"Sei fantastico," disse, sorpreso e sbalordito dalla sua idea.

"Fallo e basta," disse, appoggiando la testa sullo stomaco.

Gli prese le palle morbide e gli baciò lo stomaco prima di premere il suo orecchio contro il suo ventre e di fronte alla testa del suo cazzo duro e gonfio.

Bob sentì la sua testa girare per la lussuria e il desiderio.

Nancy lo voleva davvero e l'idea le ha inviato una carica elettrica.

Il suo cazzo gonfio e dolorante pulsava più forte che mai nella sua mano.

Sentire la sua manina toccare e accarezzare il suo sacco di palle appena rasato lo fece impazzire.

Ricordava come la prima volta gli aveva tolto lo sperma dalla pancia e l'aveva assaggiato.

Quel ricordo era sufficiente per assicurarle che stava bene.

Non aveva più dubbi a non fermarsi.

CAPITOLO 13

Era stato accarezzato e palpato per troppo tempo ed era rapidamente arrivato a quel punto di non ritorno.

Gemette quando il primo potente getto esplose dal suo cazzo, puntando ancora direttamente al bel viso di Nancy.

"Sì!" gridò, mungendosi le palle mentre scuoteva il suo cazzo duro più velocemente. "Tutto! Dammi tutto!"

Bob andava ripetutamente con spinte che diminuivano lentamente finché non si sentiva soddisfatto ed esausto.

Il suo cazzo continuava a pulsare mentre Nancy gli leccava lo stomaco.

Inseguiva ogni goccia di latte cremoso che non le era schizzata in bocca o sul viso.

"Merda!" lei rise, mettendosi a sedere e lui vide il disordine con cui le aveva spruzzato le guance e il naso.

Era venuto sul viso dalla fronte al mento.

Fece scorrere le dita tra i pezzi più succosi, leccandosi immediatamente il dito prima di tornare indietro.

"Mi sento una pornostar," disse, ancora ridendo mentre lo respingeva in modo da potersi alzare in piedi. "Non andare da nessuna parte".

Corse nel suo bagno e apparve pochi istanti dopo.

Il suo viso sembrava bagnato e pulito.

Sorrise mentre tornava a sedersi.

"Era caldo come l'inferno!"

"E 'stato pazzesco", disse, spiando un'ultima goccia che si era attaccata alla testa del suo cazzo.

Lo raccolse e lo nutrì.

"Sei sempre stato così?"

"Sono sempre stato molto orale", ha detto con un grande sorriso.

"Anch'io," si offrì senza una ragione particolare.

"Dio, spero che tu sia bravo. Andy non è riuscito a trovare il mio clitoride con una mappa stradale, un GPS e sei insegne al neon che lo puntano."

"Penso di stare bene", ha detto, non volendo sembrare uno spaccone.

"Sono molto eccitata," disse, accoccolandosi contro di lui e mettendo una mano tra le sue gambe.

"Dovrei andare," le offrì, dandole questo come suggerimento che avrebbe voluto un po 'di tempo per se stessa.

"No, penso che dovresti restare," disse, avvicinando la testa alla sua e baciandolo profondamente.

La baciò a sua volta, desiderando più di quanto avesse mai voluto.

La sentì dimenarsi.

Ruppe il loro bacio e si sbottonò i pantaloni.

"Lo sei perché ho bisogno di farlo."

Non si è spogliata, ma non c'era dubbio su quello che stava facendo mentre si infilava le mutandine.

Bob la baciò, tenendo le mani a posto mentre il suo cuore e la sua mente correvano sapendo cosa stava facendo.

Sentì la sua passione crescere velocemente quanto la sua.

Si dimenò e gemette profondamente nella sua bocca.

Sentì il suo corpo irrigidirsi per un momento prima che lei rabbrividisse per il suo orgasmo, tirandosi indietro e ansimando per una profonda boccata d'aria.

"È stato fantastico," disse, tenendola stretta finché non si calmò. "Ti senti meglio?"

"Molto meglio," sospirò, togliendosi la mano dai pantaloni.

Le sue dita scintillavano per la sua umidità.

Senza chiedere, le mise una mano intorno al polso e la guidò verso le sue labbra.

Le succhiò le dita, assaporando il suo gusto mentre lei gli raggiungeva il grembo con la mano opposta.

"Sei di nuovo duro."

"Mi chiedo perché", ha detto.

Ha fatto scorrere la mano intorno al suo cazzo duro accarezzandolo più volte prima di far scivolare la mano sulla sua coscia.

"Siamo ancora solo amici?"

"Non lo so, vero?"

"Questo è quello che voglio che siamo," disse, appoggiando la testa sulla sua spalla.

Fece scivolare di nuovo la mano vicino al suo cazzo.

"Voglio che siamo il tipo di amici in cui va bene."

"Quindi amici con benefici?"

"Dio no, odio quella frase."

"Allora dimmi cosa vuoi e questo è il tipo di amico che saremo."

"Forse puoi essere il mio migliore amico nudo?" gli chiese, rivolgendogli un sorriso stanco e assonnato. "La mia migliore amica nuda che a volte bacia anche me."

"E lui si masturba davanti a te?"

"Mi piace quando lo fai," disse, stringendo il suo cazzo. "Quindi sì, il mio migliore amico nudo che a volte mi bacia e mi lascia guardarlo mentre si masturba. È il tipo di migliore amico che voglio."

"Penso che tu sia ancora ubriaca," suggerì, baciandola sulla fronte. "Vuoi aiuto per andare a letto?"

"Non voglio andare a letto. Voglio restare qui così", disse, accoccolandosi più vicino.

Bob la tenne tra le braccia finché non si addormentò prima di strisciare fuori da sotto di lei.

La coprì con una coperta, si vestì e se ne andò in silenzio.

Quando è tornato a casa, non ha potuto resistere a masturbarsi ancora una volta.

Sentire le sue parti del corpo rasate era una sensazione nuova e molto interessante, sebbene il suo orgasmo non fosse così gioioso come il primo della notte.

Lo attribuì al fatto che era troppo tardi ed era stanco, quindi andò a letto.

CAPITOLO 14

Si è svegliato, si è spogliato per fare la doccia e, dopo aver fatto la doccia, ha deciso di restare così.

Essere rasati lì era più divertente se esposto all'aria.

Non avendo nulla da fare immediatamente per la giornata, ha iniziato a giocare ai videogiochi.

A volte iniziava a diventare duro solo per il brivido di sedere nudo in casa sua.

Non gli importava.

Era anche più divertente essere nudi quando era difficile.

***

Era quasi mezzogiorno di domenica prima che Nancy chiamasse.

"Cosa stai facendo?"

"Giocare ai videogiochi nudo", ha detto, interrompendo il gioco.

"Se è vero, sto arrivando."

Bob ha ignorato il suo commento.

"Come ti senti? Eri abbastanza ubriaco ieri sera."

"Sto bene. Sono stato deluso di svegliarmi in una casa vuota."

Non sapendo cos'altro dire, si coprì e non disse altro che:

"Beh lo sai."

"Cosa? Hai già passato la notte a casa mia."

"Lo so, ma non ero troppo ubriaco per guidare", ha osservato.

"Sì, ma come faccio a sapere con certezza se sei il mio migliore amico nudo se non sei qui domani mattina?"

Bob rise della sua straordinaria capacità di mantenere una memoria totale anche dopo una notte in cui era stato completamente incasinato.

"Beh, fortunatamente prendo le parole delle ragazze ubriache con un po 'di cautela."

"Ahhh, quindi questo significa che se vado lì oggi, non ti spoglierai per me?"

"Sei serio?"

"Perchè no?" chiese, suonando allegra come sempre. "Ti comporti come se non fosse niente per me."

"In realtà, penso di farlo principalmente per te," lo corresse Bob, ridendo.

"Non ho problemi con questo. È sbagliato che mi sia innamorato del mio migliore amico?"

"Perché adesso? Sono con te da anni."

"Tranne che sono una bionda magra e tu esci sempre con brune paffute."

Bob non si prese la briga di spiegare.

"Julia è una bionda magra e vuole anche vederti di nuovo nuda", ha detto.

"Oh, per favore no," gemette. "Penso che la mia testa esploderebbe se dovessi ascoltare le sue continue chiacchiere."

"Sì, diventa così dopo aver bevuto un paio di drink. Stamattina mi ha mandato un messaggio chiedendomi di te."

"E?"

"E allora? Gli ho detto che non sapevo se vedevi qualcuno. Gli ho anche detto che sono svenuto mentre tornavo a casa."

"Sai niente di Andy?" chiese, sollevando il controller e tenendo il telefono sotto il mento.

"Di solito chiama la sera," disse con un profondo sospiro. "Non è divertente parlare con lui quando so che mi ha tradito. Cosa dovrei dire?"

"Non lo so."

"E non voglio rompere al telefono, perché in realtà è una merda, soprattutto visto che sarà presto a casa."

"Dopo che avrai rotto con lui, io e te dovremmo uscire con un vero appuntamento e vedere cosa succede."

"So già cosa succederà", ha detto. "Usciremo, ci divertiremo, torneremo a casa tua e scoperemo come matti."

"Finora suona bene", ha detto, sentendo la sua erezione rispondere all'idea.

"E poi la mattina, saremo entrambi così spaventati da quello che abbiamo fatto che non lo faremo mai più."

"Credo che tutto accadrà esattamente come hai detto, tranne che per la parte del giorno successivo. Credo che ci sveglieremo l'uno nelle braccia dell'altro, professeremo il nostro amore eterno l'uno per l'altro e faremo immediatamente piani per vedere se ci trasferiremo a casa tua o mia insieme. ".

"Be ', il tuo" disse Nancy. "Hai una casa e io vivo ancora in un appartamento."

"La mia versione ha un finale più felice."

"Solo che non credo che gli amici dovrebbero scopare perché non funziona mai. Ti ricordi di Kevin?" Bob ci mise un momento a mettere il nome nel passato di Nancy. "Lui e io abbiamo iniziato come amici, poi siamo diventati fidanzati per un po ', ma non ha funzionato. Voleva essere amico di diritti, ma io non volevo, quindi abbiamo smesso di essere anche amici".

"Mi hai visto nudo e siamo ancora amici", fece notare Bob.

"Sì, e anch'io voglio ancora vederti nuda. Posso andare?"

"Se lo fai, mi vesto."

"Ahhh, non fare così!"

"Andiamo Nancy, sappiamo entrambi che stiamo giocando con il fuoco. Perché pensi che divento così duro con te?"

"Perché ho caldo?" chiese, ridendo mentre lo diceva.

"Pensi che non me ne sia mai reso conto?" C'era qualcosa nell'essere nudi al telefono con Nancy e nel sapere di averlo visto nudo che dava a Bob la forza di mettere a nudo anche la sua anima. "Questo fine settimana non è la prima volta che sono stato duro con te."

Ciò che Nancy ha detto in risposta, tuttavia, lo ha spaventato.

"E questo fine settimana non è la prima volta che lo faccio pensando a te."

“Aspetta, hai appena detto 'Lo farò'?” Chiese, capendo esattamente cosa intendeva con quelle parole.

"Sì. I ragazzi lo staccano e le ragazze lo staccano. Quindi sì, sei stata una guest star alcune volte per me. È sbagliato?"

"No," disse, stringendo la sua erezione che si espandeva rapidamente tra le sue cosce. "È sbagliato che stia facendo fatica a sentirlo?"

"Sei un idiota," rise. "L'ho già fatto una volta oggi. Dimmi che sei nudo e duro e che dovrò farlo di nuovo."

"Veramente?" chiese, ignorando la sua richiesta. "Quanto spesso lo fai?"

"Quanto spesso lo fai?"

"Penso che sia diverso per gli uomini", ha detto, sentendosi arrossato.

"L'ho fatto tre volte ieri," annunciò Nancy come se niente fosse. "Una volta quando mi sono svegliato ed era per te. Poi l'ho fatto di nuovo prima di partire la scorsa notte, il che potrebbe essere stato o no per te, e poi ancora una volta con te la scorsa notte. Aspetta, era tardi, quindi immagino che significa che l'ho già fatto due volte oggi "

"L'ho fatto di nuovo quando sono tornato a casa", ha confessato.

"L'hai già fatto oggi?"

"Non ancora," disse, anche se aveva la sensazione che l'avrebbe fatto presto.

"Posso andare a vederti farlo?"

Bob rimase a lungo in silenzio mentre lottava con la sua risposta.

Se avesse detto "sì", dove sarebbe finito? Ma se avesse detto "no", l'avrebbe presa come un'offesa?

Nancy ha riempito lo spazio vuoto che ha lasciato con un suo suggerimento:

"Penso che dovresti dire 'sì' perché ciò dimostrerebbe che possiamo farlo senza che ciò significhi nulla."

"Oh quindi dovrei invitarti ogni volta che ho voglia di masturbarmi solo così puoi vedere?"

"Sono d'accordo con questo. Voglio dire, ti lascerei guardarmi, tranne per il fatto che non è cosa nostra."

"Possiamo farcela?"

"Non credo sia una buona idea", disse Nancy senza spiegazioni. "E se promettessi che non proverò a toccarti? Questo lo rende migliore o peggiore?"

"Un po 'di entrambe le cose," disse, accarezzando casualmente la sua erezione e chiedendosi come potesse diventare un problema.

"Sarebbe meglio se portassi anche un amico a guardare?"

"Per favore, non dire Julia."

"No, non deve essere Julia," sussurrò. "Qualcuno potrebbe voler guardare. E ho anche altri amici. Forse dovrei portarne qualcuno che non conosci, ti piacerebbe?"

"Sai cosa è veramente pazzo?" Chiedo. "Sto diventando davvero difficile sentirlo."

Nancy rise e suonava come una dolce musica.

"Devo dirti che mi sto bagnando a dirlo?"

"Solo se vuoi che diventi ancora più duro."

"Stai davvero giocando ai videogiochi nudo?"

"Ho il gioco in pausa."

"Ma tu sei davvero nudo, vero?"

"Ci sono stato da questa mattina. Essere rasato è meglio se sono nudo."

"Dio, era così sexy guardare Julia che ti faceva questo."

"Veramente?" Ha chiesto sorpreso.

"Sì. Penso perché volevo farlo e sapevo di non poterlo fare, quindi ho dovuto lasciarglielo fare. Non lo so. O forse perché eri davvero duro e mi piace sembrare duro."

"Sono duro in questo momento," fece le fusa, sentendosi un mezzo idiota per averlo detto con un tono di fusa.

"Continua così."

"Perché?"

"Solo perché," insistette.

"Dove sei?" chiese, notando come il suono cambiava in sottofondo.

"Dove pensi che io sia?"

"Pensavo fossi a casa", ha detto proprio quando ha sentito bussare piano alla sua porta di casa.

CAPITOLO 15

Non aveva bisogno di guardare fuori dal finestrino per sapere cosa avrebbe visto la sua macchina nel suo vialetto.

Solo Nancy avrebbe bussato alla sua porta in quel modo, una chiamata che evocava un ritorno al liceo quando era l'ospite della sezione di percussioni della banda della scuola.

Nudo e duro da morire, Bob interruppe la telefonata e si diresse verso la porta principale.

Inoltre non si è preoccupato di controllare lo spioncino.

Spalancò la porta e sorrise alla sua amica che teneva ancora il telefono vicino all'orecchio.

"Ciao," disse, entrando.

Lanciò un'occhiata alla televisione, come per assicurarsi di aver giocato ai videogiochi.

Non aveva mentito.

Il suo gioco era in pausa.

"E adesso cosa stavi facendo?"

"Beh, penso che stavo facendo questo", ha detto, tornando al suo divano dove era seduto, ha preso il suo controller di gioco.

"Oh sul serio?" gli chiese, sedendosi accanto a lui e guardando da sopra la spalla il suo cazzo orgoglioso e gonfio. "Pensavo stessi giocando con qualcos'altro."

"Oh, intendi questa vecchia cosa?" chiese, battendo la sua erezione. "Sì, avrei potuto fare qualcosa anche con quello."

Nancy si sbottonò i jeans e si infilò una mano nei pantaloni.

"Hai voglia di farlo ancora un po '?"

"Sì," ansimò, troppo eccitato per rimanere timido.

Gettò da parte il suo controller e lentamente iniziò a tirare il suo cazzo duro mentre guardava la sua mano muoversi nei suoi pantaloni.

"Ricordi cosa ho fatto ieri sera?" lei chiese.

Prima che potesse rispondere, si chinò e gli appoggiò la guancia sullo stomaco.

A differenza della sera prima, lei avvicinava il viso alla punta del suo cazzo e ogni volta che espirava, lui poteva sentire il suo respiro caldo accarezzare la testa del suo cazzo.

"Questo è un peccato," mormorò, anche se mosse la mano più velocemente, accarezzando e spingendo il suo orgasmo più vicino alla realtà.

"Fallo," gemette.

Poteva sentire i movimenti ritmici del suo braccio mentre si accarezzava.

"Oh cazzo," gemette, sentendo il suo bisogno avvicinarsi rapidamente.

"Sì!" sibilò e questo gli bastò.

Riuscì a rilasciare un altro gemito prima di esplodere con stelle di piacere nei suoi occhi.

È venuto duro, ha sparato e ha spruzzato il suo sperma su, sulla pancia e nella bocca in attesa della sua migliore amica.

Come era accaduto la notte prima, è venuta forte, tirando verso l'alto ciocche spesse e tese ad ogni contrazione del suo corpo ed è stato meraviglioso.

"Molto meglio," disse Nancy, anche lei un po 'senza fiato. "A malapena un jet è stato perso."

Si mise a sedere, si asciugò un ruscello dal mento e sorrise.

"E tu? Sei arrivato?" chiese, imbarazzato per essere stato così concentrato sul suo orgasmo che avrebbe potuto perdere il suo.

"Oh sì," lo rassicurò, nutrendo le sue due dita bagnate coperte dall'umidità del suo corpo.

"Cazzo, voglio fotterti così tanto."

"Come pensi che mi senta?" gli chiese, dandogli un piccolo bacio e un sorriso molto più grande. "Ora perché non torni al tuo gioco e vedrò cosa hai da mangiare qui intorno?"

"Non molto," disse, seguendola in cucina. "Non faccio la spesa da alcuni giorni."

"Suona e troverò qualcosa", disse, aprendo la porta del frigorifero.

Si appoggiò al muro guardandola per un momento.

"E non ti azzardare a vestirti," disse, tirando fuori delle uova, delle verdure e l'ultimo del suo latte.

"Sì signora," disse, sentendosi a disagio ma determinato a seguire le sue regole.

CAPITOLO 16

Nancy ha preparato due deliziose tortillas con gli avanzi del frigorifero di Bob.

Seduto sul suo divano, hanno guardato Netflix mentre mangiavano e lui è rimasto nudo per tutto il tempo.

Dopo aver mangiato, lavò i piatti e vide che lei lo guardava mentre tornava in soggiorno.

"Non è così impressionante quando sono morbido, vero?" disse, catturando la direzione del suo sguardo.

"In realtà, anche a me piace che sia soffice. Non devi essere sempre duro con me mentre sei nudo."

"E se divento duro?" le chiese, sedendosi accanto a lei.

"Ancora meglio", ha detto con un sorriso.

Gli prese la mano e gliela tenne mentre guardavano il resto del film.

Di tanto in tanto, Nancy si guardava tra le gambe e sorrideva.

Dopo il film, si è alzato e si è stirato.

Bob ammirava il suo corpo flessuoso mentre lavorava attraverso i nodi che sentiva.

"Quindi immagino che andrò a casa e mi masturbo prima che il mio ragazzo chiami."

"Che caldo," disse Bob, sentendo un formicolio tra le gambe.

Ha tirato distrattamente il suo cazzo.

"Ora non essere duro o dovrai darmi un altro spettacolo."

"In realtà, sto cercando di non farlo," ammise con un piccolo sorriso.

"Cazzo, lascia che ti bacio una volta prima che me ne vada, okay?"

"Certo," disse, aspettandosi un piccolo bacio d'addio.

Invece, gli avvolse le braccia intorno al collo e gli diede un bacio profondo e pieno di sentimento.

Era di nuovo mezzo duro quando lei si allontanò.

"È bello sapere che i miei baci possono farlo per te."

"Sei una vera stronza a volte," disse con un grande sorriso, massaggiandosi la sua erezione semidura per trasformarla in qualcos'altro.

"Attento," disse, guardandolo. "O dovrò restare a guardare."

"Vattene," le disse, dirigendosi verso la sua porta di casa.

Si nascose dietro la porta mentre l'apriva.

"Divertiti."

"Oh, lo farò," disse, dandogli un altro bacio prima di dirigersi verso la sua macchina.

Pensare che Nancy tornasse a casa per masturbarsi diede a Bob una ragione sufficiente per diventare duro di nuovo, ma invece di fare qualcosa al riguardo, gli piaceva la sensazione di essere nudo e duro.

Stendersi a dormire con un'erezione era stranamente frustrante e soddisfacente allo stesso tempo.

Frustrante, perché desiderava ardentemente il sollievo che si negava.

Soddisfacente, perché sapeva perché era difficile.

Questo gioco con Nancy lo aveva reso molto duro e se avesse condiviso le sue condizioni con lei, l'avrebbe sicuramente apprezzato.

CAPITOLO 17

Un'altra settimana lavorativa è iniziata con il suo lavoro regolare.

Bob è strisciato fuori dal letto, è andato a lavorare e ha prestato tutta la sua attenzione al suo capo per circa otto ore.

Poi i pomeriggi furono tranquilli.

Lui e Nancy si sono scambiati alcuni messaggi di testo.

Ha anche incontrato altri amici.

Più tardi la sera, ha combattuto i suoi amici online nel mondo virtuale.

Il più grande cambiamento nella sua vita è stato il tempo che ha trascorso nudo a casa.

Non si è preoccupata dei suoi vestiti fino a quando non è stato il momento di uscire di casa.

Lunedì e martedì faceva la doccia dopo aver fatto jogging ed era nudo.

L'altro cambiamento era non sentirsi in colpa se il pensiero di Nancy le veniva in mente mentre si masturbava.

Mercoledì sera, lo hanno invitato fuori per un drink "Labor Day" con Nancy, Any e Julia.

Contro il suo miglior giudizio, si unì a loro per una birra che avrebbe potuto bere per più di un'ora.

Era preoccupato che Julia potesse aver avuto un'impressione sbagliata l'altra sera.

Entrando nello stesso bar dell'altra sera, si è imbattuto in una scena simile.

Julia e Any si sedettero insieme mentre Chris corteggiava una Nancy dall'aria infelice al bar.

Il viso di Julia si illuminò non appena vide Bob.

Merda, pensò, facendo una mossa per unirsi a Any dalla sua parte dello stand.

"È stato qualcosa che ho detto?" Chiese Julia, delusa dal fatto che lui fosse seduto di fronte a lei.

"No. È solo che l'ultima volta che mi hai attaccato con oggetti appuntiti," disse, sperando che la battuta avrebbe alleviato la sua delusione.

"Allora, è successo davvero!" Qualsiasi esclamò.

Julia sembrava sorpresa.

"Pensi che l'abbia inventato?"

"Ebbene no, ma non lo sapevo," disse Any, cercando di indietreggiare. "Hai davvero lasciato che Nancy guardasse?"

"Non avevo molte altre opzioni", ha detto, ordinando l'unica birra che avrebbe bevuto quella sera. "E non comportarti come se fossi così innocente."

"Beh, avremmo potuto fare un piano quando eravamo in bagno," disse Any, sorridendo e bevendo un sorso di birra.

"Per la cronaca, non è successo niente", annunciò Julia.

"Chiamerei quello che mi è successo qualcosa", ha detto Bob, guadagnandosi sorrisi da entrambe le donne.

Si rese conto che Any stava bevendo e le chiese a riguardo.

"È il turno di Nancy di essere l'autista designato."

Catturando l'attenzione di Nancy, la salutò con la mano nel caso non avesse notato il suo arrivo.

"Uno di noi ha bisogno di salvarla da Chris?"

"Forse," disse Julia, sembrando preoccupata. "È diventato davvero più forte dalla routine 'Sono qui per te.'"

"È il tuo telefono?" Chiese Bob, spiando un telefono posto di fronte a lui che sembrava il suo.

Hanno annuito.

"Ora torno", ha detto.

Salendo il bar, si fermò direttamente dietro Nancy, salutò il barista e ordinò da bere per Julia e Any.

Quando il cameriere si voltò, si comportò come se avesse appena notato che Nancy era in piedi accanto a lui.

"Ei, tu!" Egli ha detto.

"Ei, tu!" Disse Nancy, voltandosi e guardandolo.

Sembrava sollevata di vederlo.

"Sei tornato per averne di più!"

"Beh, io e Julia andavamo d'accordo l'altra sera," disse a beneficio di Chris.

"Sì, continua a parlare di te," disse Nancy.

"Oh, a proposito, penso che ti sei perso un paio di messaggi di Andy. Qualcuno ha detto che il tuo telefono stava andando fuori di testa."

"Grazie," disse Nancy. "Ne parliamo più tardi," disse a Chris e corse al tavolo, lasciando Bob ad aspettare il cameriere.

"Pensi di essere intelligente perché li hai portati a casa l'altra sera?" Ha chiesto Chris.

"No, penso di essere a portata di mano perché entrambi mi amano," disse Bob, lasciando cadere venti sul bancone per il barista e prendendo i due drink senza aspettare il cambiamento.

Bob ha ricevuto tre "ringraziamenti" quando è tornato dal bar.

Uno a testa da Any e Julia per i drink e il terzo da Nancy per la missione di salvataggio.

"Continua a spingere per vedere cosa farò quando Andy torna a casa."

"Certo che sì," disse Bob.

"Stasera, stava cercando di convincermi che avrei dovuto far fare ad Andy il test per l'AIDS prima di andare a letto di nuovo con lui, sai, nel caso quella ragazza non fosse pulita."

"Wow," disse Any, scuotendo la testa. "È un vero casino, no?"

Le cose andavano bene fino a quando Julia non insistette per la sua decisione e Nancy esitò prima di rispondere.

"Probabilmente finirò con lui. Voglio dire, è quello che penso di fare, ma dovrei almeno ascoltarlo, giusto?"

"Ti ha tradito," insistette Julia. "Non gli devi un cazzo."

"La ragazza dice che vuole farlo bene", ha sottolineato Any, aggiungendo un'altra nota alla canzone già molto triste.

"Meglio Andy di Chris," disse Julia. "Chris è una palla di bava opportunistica."

Le tre donne parlarono di Andy e Chris per la maggior parte dell'ora successiva, mentre Bob rimase in silenzio.

Ero bloccato a pensare a come Nancy avesse esitato prima.

Con la sua birra quasi finita, Bob salutò e si diresse verso la porta.

Stava quasi per raggiungere la macchina quando sentì la voce di Nancy alle sue spalle.

Considerò la possibilità di ignorarla, comportandosi come se non potesse sentirla, ma non poteva.

Lentamente, si voltò.

"Perché te ne vai così presto?" gli chiese, attraversando il parcheggio verso di lui.

"Mi conosci, sono un leggero", ha detto, imitando un drink. "Uno e ho finito."

"Sei arrabbiato con me?"

"Perché dovrebbe essere arrabbiato?"

"Non lo so, ma per tutta la notte non hai detto quasi niente."

Ha alzato le spalle.

Cosa poteva dire?

Che voleva che lei lasciasse Andy in modo che potessero uscire?

"Vieni qui," disse, tirandola più vicino e avvolgendola tra le braccia. "Ti amo."

"E anche io ti amo," disse, abbracciandolo e suonando molto confusa.

"E sarò sempre il tuo migliore amico, qualunque cosa accada, okay?"

"Il mio meglio."

"Chiama Andy stasera. Digli che sai che è stato con qualcun altro. Fagli sapere anche che tipo di amico ha in Chris."

"Ma non voglio rompere con lui al telefono."

"Lo so e non lo so. Digli solo che lo sai e conserva il resto per quando torna a casa."

"E se lo negasse?" chiese lei, confusa dal suo consiglio.

"Allora saprai per certo che tipo di conversazione avrai con lui questo fine settimana."

"E se lo ammettesse?"

"Quindi non lo so," disse Bob. "Dipende se è stata una notte o no."

Nancy lo guardò a lungo prima di colpirlo al braccio.

"Dai consigli di merda."

"Scusa," disse. "Ma non ho sentito consigli migliori dai tuoi amici."

"Ti amo," disse, avvolgendolo di nuovo tra le sue braccia.

Questa volta, il suo abbraccio includeva un bacio.

Sebbene fosse un lungo bacio, non includeva alcuna lingua.

Non era quel tipo di bacio.

"Vai a casa e gioca con te stesso per me."

"Certo," disse, dandole un sorriso che non includesse i suoi occhi.

Mentre la guardava allontanarsi a testa bassa, vide Chris entrare nel ristorante.

Ovviamente Chris l'aveva seguita fuori.

Vaffanculo, pensò Bob, salendo in macchina e guidando fino a casa sperando che gli si schiarisse la testa.

Io non l'ho fatto.

Verso le undici ricevette un messaggio da Nancy,

"Ho provato a chiamare Andy. Non ha risposto. Meglio che non ci sia più questo problema. Buona notte."

Il suo messaggio di testo non ha fatto sentire Bob meglio o peggio.

Ha scritto un singolo, "OK", ed è andato a letto.

Il sogno benedetto è arrivato rapidamente e completamente.

CAPITOLO 18

Bob si è goduto la sua routine del giovedì con un'eccezione, i suoi peli pubici stavano ricrescendo e creando una irritante sensazione di prurito nei suoi boxer.

Sapeva di avere due opzioni, radersi di nuovo o resistere finché i suoi capelli non fossero ricresciuti.

Non era sicuro di dove volesse andare.

Quando è tornato a casa, era già deciso.

Invece di andare a correre, è entrato nella doccia e ha rastrellato le sue parti intime.

Dopo la doccia, vide che aveva perso una chiamata di Nancy.

Quando le ha chiamato, ha fatto una strana richiesta:

"Vuoi farmi ubriacare stasera a casa tua?"

"Certo, subito dopo che mi hai detto perché."

"Non voglio", ha detto e Bob conosceva la risposta.

"Andy".

"Mi ha chiamato ieri sera all'una. Era una telefonata da ubriaco, ma mi ha raccontato tutto. Mi ha raccontato come aveva visto un'altra ragazza, che era stato un incidente e che non l'amava."

"Beh, non è conveniente."

"Cosa significa?" Chiese Nancy.

Bob sospirò.

Non importava.

Non l'aveva mai fatto, ma si sarebbe comunque preso il tempo per spiegarlo perché è quello che fanno gli amici per gli amici.

"Hm, la stessa notte in cui Chris ci vede baciarci nel parcheggio è la notte che chiama ubriaco e si riversa il cuore. Sembravi sorpreso di aver risposto?"

"Un po '," confermò, confusa. "Ma era troppo tardi."

"In ritardo, ma a casa, abbastanza tardi per sapere se passavi la notte o no."

"Abbastanza tardi per essere davvero ubriaco. Era il Labor Day."

"Nancy, ti stavo guardando. Chris ci ha visto nel parcheggio, gliene ha parlato e si è preoccupato per la fica che lo aspettava a casa."

"Allora perché mi hai parlato di quell'altra ragazza?"

"Chris probabilmente gli ha detto che pensavi che fosse successo qualcosa. Hai detto ad Andy che tipo di amico ha in Chris?"

"Dopo che ha confessato, non è sembrato importante", ha spiegato. "Ha chiesto di te, se fossimo ancora migliori amici."

"Interessante," disse, lasciandole spazio per ricostruire le cose alla sua velocità.

Bob sapeva che Nancy era astuta e l'avrebbe capito.

"Aspetta, stai suggerendo che Chris stia cercando di far arrabbiare Andy? Non ha alcun senso. Andy sa che siamo solo amici."

"Lo so e lo sai, ma Chris lo capisce?"

Nancy rimase in silenzio mentre elaborava i pensieri di Bob.

"Ha pianto," disse alla fine. "Andy l'ha fatto. Dopo che mi ha detto che mi stava tradendo."

"E ti ha anche detto quanto ti ama."

"Umm-come lo sapevi?"

"Perché sono un uomo", ha detto.

"Ti ubriacherai con me?" lei chiese.

"Se lo faccio, come tornerai a casa?"

"Passerò la notte a casa tua," fece notare. "E va bene se vengono anche Any e Julia?"

"La mia casa è la tua casa", ha detto.

Si sentiva male per Nancy.

Meritava di meglio di un giocatore come Andy.

Se aveva bisogno di una serata fuori con gli amici per distrarsi da lui, avrebbe fatto del suo meglio.

Tirò fuori una bottiglia del miglior rum da sotto il bancone, sapendo che era il suo preferito.

Ha ordinato cibo da asporto cinese che lei andasse a prendere lungo la strada.

CAPITOLO 19

I suoi amici si sono presentati con un mix di tequila e margarita.

Durante la cena, Nancy ha portato i suoi amici a parlare del dramma tra Andy e Chris.

Comprendeva l'opinione di Bob che Chris stesse cercando di separare la coppia felice.

"L'errore di Chris è pensare che Andy sarebbe geloso per me", ha osservato Bob. "Andy sa che siamo solo amici. Potrebbe non piacergli la nostra amicizia, ma non sono una minaccia."

"Perchè no?" Chiese Julia, iniziando con il suo secondo margarita. "Sei carino."

"Siamo solo amici," insistette Bob, sorseggiando profondamente il suo rum e Coca-Cola.

Che differenza ha fatto?

Non stava andando da nessuna parte, quindi tanto vale essere onesto.

Alzò il bicchiere alto e propose un brindisi.

"Per l'ultimo giorno di libertà di Nancy."

Trascorse un momento con tutti loro con gli occhi su Nancy per giudicare la sua reazione.

Non sembrava sicura, ma alla fine alzò anche il bicchiere.

"Per la libertà!"

L'urlo risuonò altre due volte e tutti bevvero.

"Quindi voglio sapere cosa serve per avere uno spettacolo", ha chiesto Any.

"Molto di più," disse, mescolando un altro drink per se stesso.

Per cauta abitudine, lo mescolò leggermente.

"Lascia che ti aiuti," disse Nancy, riempiendo il suo drink con dell'altro rum.

Le lanciò un'occhiataccia.

"Di?" Ha chiesto, mostrando un sorriso innocente. "Forse voglio anche un altro spettacolo stasera."

"Non succederà," mormorò, sorseggiando la bevanda molto più forte ora.

"Vedremo," disse Nancy.

Il quartetto si è mosso davanti alla televisione di Bob e ha iniziato a pubblicare video su YouTube.

Hanno usato i loro telefoni per aggiungere nuovi video alla coda, ridendo e talvolta urlando di sorpresa quando ne valeva la pena.

Man mano che bevevano di più, i video diventavano più aggressivi, così come le discussioni sui video.

"Le persone rinunciano alla masturbazione per un mese", hanno affermato le tre ragazze che non avrebbero mai potuto farlo.

"Quando hai saputo per la prima volta che una donna poteva masturbarsi", ha chiesto loro di condividere le sue storie personali di scoperte.

"Va bene, qualcuno metta in pausa i video, devo fare pipì", annunciò Julia, barcollando di mezzo passo mentre si alzava dal divano.

"Qualcuno si sta ubriacando," fece notare Bob, ridendo di lei.

"Sì, beh, e hai bisogno di bere di più," gli disse Nancy, afferrando il suo bicchiere e portandolo con sé in cucina.

Gli restituì un drink che sapeva più di rum da solo che di rum e Coca-Cola.

"Bevi tutto."

"Sì, perché voglio il mio spettacolo," disse Any, alzandosi per una passeggiata in bagno.

Dopo aver scambiato parole nel corridoio con Any, Julia è andata in cucina ed è tornata con quattro bicchierini di tequila.

"Stiamo girando!" annunciò, superandoli tutti. "E continueremo a girare finché Bobbie non impazzirà."

"Non sto impazzendo," disse Bob.

Bevve un altro sorso del suo drink.

Dannazione, era forte.

"Non posso sparare," ha obiettato Any quando è tornata. "Uno di noi deve rimanere abbastanza sobrio da guidare."

"Allora Bob ne ha due!" Julia ha insistito, spingendo il colpo in più verso di lui.

"Ma non ne voglio nemmeno uno," disse a Nancy, chiedendole aiuto.

"Peccato," disse, alzando il tiro. "Ora sii uomo, sali e bevi."

Ha peggiorato le cose alzando il bicchiere e proponendo un brindisi:

"Per la rasatura maschile!"

"Puttana," mormorò Bob abbastanza forte perché solo lei potesse sentire e tre di loro hanno sparato.

Non essendo un fan della tequila, Bob ha seguito il suo drink con un piccolo sorso di rum e Coca-Cola.

La bevanda forte ha fatto poco per alleviare il bruciore profondo nella sua gola.

"Ancora uno," disse Nancy, alzando il colpo rimanente.

"Ti odio," le disse, sapendo che non si sarebbe offesa.

Gettò il secondo drink, bevve un altro sorso di rum e Coca-Cola e promise di completare il suo drink con altra Coca-Cola quando sarebbe tornato dal bagno.

Usò il bagno della sua stanza, notando che si stava aggrappando al muro mentre si trovava davanti al suo gabinetto.

Dannazione, era più ubriaco di quanto intendesse.

Sulla via del ritorno in soggiorno, dimenticò la promessa di completare il suo drink con altra Coca Cola e trovò Any seduto al suo posto.

"Dovresti sederti qui," annunciò Julia, accarezzando lo spazio vuoto tra lei e Nancy sul divano.

Quando Bob passò accanto a Julia, lanciò a Nancy uno sguardo scettico.

Ha esagerato lo sguardo innocente che gli ha rivolto.

"Non ho intenzione di spogliarmi davanti a te e ai tuoi amici", le disse.

"Se diventi abbastanza duro, lo farai," disse, prendendo la sua bevanda troppo forte e porgendogliela.

Ha lavorato con il controller e ha ripreso la coda video.

Il primo è stato:

"Masturbazione: uomini contro donne", dove una donna che assomigliava molto a Any dice al suo ragazzo che è in ritardo perché si stava masturbando.

Bob bevve un sorso del suo drink e cercò di rimanere calmo, anche dopo che Nancy gli aveva messo una mano sul ginocchio.

"Qualche problema?"

"Niente affatto," disse poco prima di prendere un drink più grande del necessario.

Spinse il suo drink fuori dalla portata del braccio.

Beveva abbastanza e dal modo in cui Nancy faceva scorrere lentamente la mano all'interno della sua gamba, poteva intuire che lo fosse anche lei.

"Non hai un fidanzato?"

Ha ignorato il suo commento.

"Quindi stavo dicendo a Julia quanto sei brava a baciare e ora è molto curiosa."

"Lo sa già," disse a Nancy, infastidito dal fatto che lei lo avesse spinto così facilmente.

"Wow veramente?" Qualcuno ha chiesto dal suo precedente posto sul divano, l'unico posto dove sedersi da sola nel suo soggiorno. "Stai per perdere l'opportunità di baciare Julia gratuitamente?"

"Sì, vaffanculo!" Julia ha detto, virando con i piedi per terra dal diventare un ubriacone bellicoso piuttosto che uno comprensivo, eccessivamente felice. "Cosa c'è di sbagliato nel baciarmi? Non ho l'alitosi o altro."

Nancy si chinò e le sussurrò all'orecchio:

"Stai attento, cavalletta."

Ancora in grado di pensare velocemente, Bob ha cercato di dare una svolta migliore alla sua obiezione affrontando la bella bionda.

"Se ci baciamo, voglio che sia un vero bacio", ha spiegato. "Non che sia uno spettacolo per i tuoi amici."

"Ahhh, non sei la cosa più dolce del mondo?" gridò, mettendogli una mano sul lato del viso e dandogli uno sguardo di scusa e compassione.

Bob pensò di aver evitato con successo la richiesta finché lei non si sporse in avanti e premette le labbra sulle sue.

In un primo momento, Bob non l'ha baciata.

Accettò le sue labbra contro le sue nello stesso modo in cui avrebbe accettato un bacio sulla sua guancia, ma non era abbastanza per Julia.

Non si fermò finché lui non iniziò a baciarla.

Tuttavia, non era abbastanza per lei.

Gli fece scivolare la mano dietro la testa, gli tenne il viso contro il suo e insistette per avere di più.

Sentendo di non avere altra scelta, Bob obbedì finché le loro lingue non si incontrarono in una feroce ed estremamente intensa battaglia per la supremazia tra di loro.

Julia fece un passo indietro quanto basta per annunciare:

"Cazzo, questo è buono!"

Poi premette le sue labbra sulle sue e chiese di più.

Troppo ubriaco per preoccuparsene, Bob lo ricambia.

C'era un modo per baciare Julia che avrebbe reso Nancy gelosa?

Accendendo il suo fascino, dedicandosi al momento con gli occhi chiusi, le cose andavano bene finché non sentì la mano di Nancy posarsi sulla sua coscia.

Bob gemette quando Nancy cercò di sbottonargli la parte anteriore dei pantaloni.

Ha cercato di spingere via il braccio di Julia per fermare Nancy, ma Julia non lo ha permesso.

Non appena sentì il suo braccio muoversi, lo afferrò per il gomito e lo costrinse a tenere il braccio intorno a lei.

L'altro suo braccio era intrappolato tra lo schienale del divano e il suo corpo, inutile per fermare Nancy.

"È difficile?" ha sentito Any chiedere.

"Oh sì," rise Nancy, premendo contro la schiena di Bob e accarezzandogli il collo mentre lui continuava a baciare la sua amica. "Così forte che penso che tu debba mostrarcelo."

Ancora una volta, Bob gemette la sua obiezione.

Non appena lo fece, Julia gemette di nuovo nella sua bocca, come se avesse gemito per passione invece che per panico.

"Rilassati," gli sussurrò Nancy all'orecchio.

Il suo respiro era caldo contro il suo collo.

"Vogliamo davvero vederlo e chissà cosa succederà se ce lo mostrerai?"

Bob ha continuato a baciare Julia, non sapendo cosa fare.

"Lo sai che lo vuoi," fece le fusa Nancy, tirando la cerniera sopra i jeans.

Quando sentì la mano di Julia scivolare lungo il suo ventre piatto, si arrese e andò con lei.

CAPITOLO 20

Julia fece scivolare la mano all'interno della cintura dei suoi boxer e gli accarezzò l'erezione prima di interrompere il suo bacio in modo da poter vedere dove si stava toccando.

"Che dolcezza," disse con uno stridio da ubriaco nella voce.

Quando Nancy ha iniziato a infilarle i pantaloni, Bob ha sollevato il sedere dal divano.

Nancy si tolse anche i boxer.

"Cosa penserebbe Andy?" Qualcuno ha chiesto.

"Fanculo," disse.

"Andy o Bob?" Chiunque ha chiesto con una risata lussuriosa quando Julia ha sollevato la maglietta di Bob sopra la sua testa.

Più veloce di quanto avrebbe voluto, Bob si ritrovò seduto nudo e duro sul divano tra due bellissime bionde mentre Any la mora guardava con ansia tra le sue gambe.

"Maledizione."

"Lo so," disse Nancy, schiaffeggiandosi il cazzo duro. "È carina, vero?"

"Posso toccare?" Chiese Julia, già cercandola prima che Bob potesse annuire con entusiasmo.

Perché non lasciarla toccare?

Speravo che almeno una di queste ragazze volesse fare molto di più che toccarlo lì.

Julia gli accarezzò l'erezione, evitando deliberatamente la parte in cui desiderava maggiormente sentire il suo tocco.

Si concentrò sulla carne morbida e nuda attorno al suo membro gonfio e dolorante.

"Sembra davvero sexy."

"Non è così?" Disse Nancy, accarezzandola anche lei. "Lo adoro."

"Beh, sembra sexy da morire" disse Any dalla sua sedia. "Lo fa sembrare una porno star."

"Senti," insistette Julia.

"Non posso. Ho un ragazzo, ricordi?"

"Anche lei e Nancy lo stanno toccando."

"Non conta se non gli tocchi il cazzo," disse Nancy, spingendo Bob ad alzarsi. "Vai avanti. Lasciala provare per se stessa."

Lentamente le ginocchia di Bob iniziarono a tremare.

Era l'alcol o l'essere nudo di fronte alle tre donne che gli aveva indebolito le ginocchia?

Non ero sicuro.

Forse una combinazione di entrambi.

Con attenzione girò intorno a Julia finché non si trovò di fronte a Any.

Il suo cazzo pulsava.

Non voleva che il suo cazzo pulsasse, tranne che era eccitato ed è quello che hanno fatto i cazzi eccitati.

"Ooohh, sei così felice di vedermi?" Qualcuno ha chiesto, ridendo.

Con molta attenzione, le fece scorrere una mano lungo lo stomaco, lungo il bacino e lentamente si avvicinò fino a toccare parti della sua anatomia che in precedenza erano state ricoperte di peli pubici.

"Dannazione, è una bella sensazione, vero?" Lo guardò e gli chiese: "Ti piace?"

"Sì."

"Nancy ha visto Julia fare questo o ha aiutato anche lei?" Qualcuno ha chiesto.

"Stava solo guardando", ha detto. "Posso vestirmi adesso?"

"No, penso che tu debba restare così," disse Nancy, afferrandole i vestiti e spingendoli dietro di sé.

"Ah andiamo," si lamentò, cominciando a sentirsi a disagio. "Ragazzi, avete già fatto il vostro spettacolo."

"Assolutamente no, Bobbie," disse Nancy con un sorriso giocoso. "Ora che sei nudo, devi restare così."

"Mi piace," gli disse Any, dandogli una pacca sul sedere. "Penso anche che dovresti restare così."

"È così fottutamente sexy," disse Julia a Nancy come se Bob non fosse presente. "Amo i suoi muscoli."

"Sai che posso sentirti, vero?" Chiese Bob, passandole accanto per sedersi di nuovo.

Forse se si fosse seduto e avesse incrociato le gambe o qualcosa del genere, non si sarebbe sentito così nudo.

Con le due ragazze sedute su entrambi i lati, incrociare le gambe non ha fatto nulla per nascondere il suo cazzo alla sua vista.

Arrendendosi, Bob allungò le gambe lunghe, incrociò i piedi all'altezza delle caviglie e si portò le mani alla testa.

Impiombato.

Se non poteva nasconderlo, poteva ostentarlo.

"Ti dispiacerebbe mescolarmi un altro drink?" Gli chiese Nancy, porgendogli un bicchiere quasi vuoto.

"Penso che dovresti bere il mio," suggerì.

"Il tuo è principalmente rum. Vorrei che il mio fosse più vicino a metà e metà", ha detto.

"Allora probabilmente dovresti farlo da solo," disse Bob, non volendo sfilare nudo e duro davanti alle tre ragazze.

"Per favore?" tubò, facendo una smorfia.

Ancora una volta, Bob smise di provare a discutere.

Accettando il bicchiere, si alzò ed andò in cucina, ignorando la sensazione di tre paia di occhi che lo guardavano camminare nudo.

"Peccato che su YouTube non ci sia del porno", ha detto Any dal soggiorno. "Potrebbe essere divertente vedere cosa succede se si eccita troppo".

"Hmm, penso di poterlo risolvere," suggerì Nancy, prendendo il controller del suo sistema di gioco e aprendo una finestra del browser della console.

"Ciao," lo chiamò. "Che tipo di porno ti piace guardare?"

"Non guardo il porno," mentì, riportandole il bicchiere pieno.

Secondo le sue istruzioni, l'aveva mescolato a metà e metà.

"Merda," disse Nancy, dirigendosi verso un sito porno.

Fortunatamente per lui, ne scelse uno che non aveva salvato tra i suoi preferiti.

"Cosa stiamo facendo, signore?"

"Vedi se riesci a trovare un video di Gang-Bang, mi piace guardarli," strillò Julia senza rendersi conto di quello che aveva rivelato di se stessa.

"Bizzarro", ha detto Nancy, facendo clic sui menu come se avesse pienamente compreso come funzionava il sito porno gratuito.

"Forse i gruppi sono un'opzione migliore. A Bob potrebbe piacere vedere alcune donne nude."

Ha cliccato su un video casuale di un festival di sesso di gruppo.

"Per me va bene," disse Julia mentre Bob la superava di nuovo.

Ha aspettato finché non si è seduto prima di annunciare:

"Penso che dovresti fare più drink. Ti piacerebbe anche la tequila?"

"Non ho bisogno di bevande", ha detto, disinteressato a sfilare una seconda volta.

"Per favore?" gli chiese, implorandolo come aveva fatto Nancy.

Bob sospirò, si alzò e sentì gli sguardi delle tre donne sul suo corpo come se fossero dottori.

Tornò con la bottiglia e si rese conto che anche lei stava aspettando che lui riempisse i bicchieri.

Ne ha riempiti tre.

"Agli uomini nudi e alle loro erezioni," suggerì Nancy come brindisi.

Bob se lo ficcò comunque in gola, seguito immediatamente da un piccolo sorso di rum e Coca-Cola.

Aveva superato il limite.
Era ufficialmente ubriaco.

CAPITOLO 21

"Bob, vorresti essere dolce e rinfrescare la mia Coca-Cola?" Chiunque ha chiesto con un grande sorriso lussurioso mentre teneva il bicchiere mentre guardava direttamente il suo cazzo duro.

"Sì, signora," disse. "Vorresti che mettessi anche io una bustina di tè?"

"Aspetta, cosa significa?" Chiese, guardandosi intorno per chiedere aiuto.

"È lì che un ragazzo ti infila le palle in bocca", ha spiegato Julia.

"Non riesce a mettermi le palle in bocca" disse Any, sorpreso. "Ho un ragazzo!"

"No, ma potrebbe metterti una bustina di tè nel tuo bicchiere, ecco cosa voleva dire." Disse Julia, mostrando una sorprendente comprensione del termine gergale.

"Guarda in questo modo, almeno non metterei i peli pubici nel tuo drink," aggiunse Nancy, ridendo troppo alla discussione.

"Il tuo drink," disse Bob, tornando con il bicchiere pieno. "Niente bustine di tè."

"Puoi mettere una bustina di tè con il mio drink, se vuoi," disse Julia, porgendogli il suo margarita quasi pieno con il bordo completamente salato.

"Fallo!" Qualcuno l'ha incoraggiata, come se avesse bevuto. "Ti sfido!"

"E poi lo berrò," disse Julia, spingendo il bicchiere sul tavolino verso di lui.

"Sì, e scommetto che ti leccherà anche le palle," suggerì Nancy.

Bob scosse la testa al trio di ragazze che lo fissavano.

"Sono troppo ubriaco per sapere se sta scherzando o no."

"Anch'io," disse Julia.

"Oh fallo e basta," aggiunse Any e poiché lei era l'unica sobria del gruppo, Bob lo accettò come prova che avrebbe dovuto.

Girò intorno al suo tavolino da caffè, superando Any, che fissava direttamente il suo cazzo duro come se fosse la cosa più affascinante che avesse mai visto.

Si fermò quando raggiunse l'angolo del divano.

"Bustina di tè", ha detto, in piedi con le mani sui fianchi.

"Aspetta, ho bisogno di documentarlo", disse Nancy, afferrando il suo cellulare.

"Lo farò solo se lo fai anche tu!" Ha detto Julia.

"Certo," concordò Nancy, alzando il telefono e facendo loro cenno di continuare.

Bob si irrigidì ancora più di quanto non fosse stato prima.

Ha mantenuto il suo corpo fermo mentre il suo cazzo duro e orgoglioso era anche sull'attenti.

Guardò Julia sollevare il bicchiere, premendo il bicchiere freddo contro le sue cosce finché le sue palline penzolanti caddero nel suo margarita.

"Fa davvero freddo", disse, combattendo un brivido.

"Penso che un po 'di sale sia caduto intorno a te," disse Julia ridendo.

Fece finta di prendere un sorso dal bicchiere dopo che la sua bustina di tè aveva posato la sua bevanda e poi si mise entrambe le mani sui fianchi.

Lo tirò davanti a sé e iniziò a leccare, baciare e succhiare il sacco della palla mentre il suo cazzo duro pulsava avidamente contro la sua fronte.

"Hai ancora freddo?" gli chiese, allontanandosi e guardandolo.

"No, per niente," disse mentre il suo cazzo pulsava in segno di apprezzamento.

"Va bene, ora tocca a te," disse a Nancy, spingendo Bob verso di lei.

Fu allora che, anche ubriaca, Nancy fece qualcosa di molto intelligente.

"Okay," disse, passando il suo telefono a Julia e assicurandosi che le foto incriminate rimanessero solo sul suo telefono.

"Assicurati solo di tenerlo in modalità orizzontale, okay?"

"Molto intelligente," disse, guardandola con un grande sorriso.

"E sexy," disse ridendo.

Gli tenne il bicchiere contro le palle, muovendolo su e giù finché la sua borsa appesa non fu umida e si raffreddò con il suo drink prima di prendere un sorso veloce.

Con una miscela di rum e Coca-Cola che gocciolava dalle parti del suo uomo, Nancy gli premette il viso contro l'inguine e gli bagnò avidamente le palle con la lingua.

"In un certo senso, non credo che Andy lo approverebbe", ha detto Any.

"Probabilmente no," disse Nancy. "Quindi immagino che vada bene se lo faccio anche io."

Gli leccò il cazzo finché non raggiunse la sua testa gonfia e lo tirò completamente in bocca.

Ha mosso la testa su e giù per il suo cazzo lungo e duro più volte mentre i suoi amici la incoraggiavano.

Alla fine, si staccò, gli sorrise e disse:

"Vedi? Te l'avevo detto che sarebbe stato divertente mettersi a nudo."

"Tranne che ti sei fermato," si lamentò.

"Mi sono fermato o ho solo fatto la mia parte per riscaldarti?" Chiese con un sorriso malizioso.

Bevve un altro sorso del suo drink e gli fece l'occhiolino.

"Ora siediti e guarda il porno con noi."

"Perché mi stanno torturando in questo modo?" chiese, sedendosi e lottando con quanto si sentiva eccitato.

"Ah, povero Bob," disse Any, ma poi rise, distruggendo ogni senso di compassione che stava offrendo. "Nudo e duro di fronte a tre ragazze che apprezzano lo spettacolo. Cosa dovresti fare al riguardo?"

"Hey Julia?" Chiese Nancy, guardando oltre Bob verso la sua amica dall'altra parte del divano. "Hai mai visto un ragazzo masturbarsi?"

"Mai nella vita reale", ha riferito, guardando più alla sua virilità che alla televisione.

Quando il suggerimento alla base della domanda di Nancy affondò nel suo cervello intriso di tequila, alzò lo sguardo su di lui.

"Potresti farlo?"

"Se lo eccitiamo abbastanza, scommetto che lo farà", ha detto Nancy, garantendo per lui.

"Accenderlo come?" chiese, accarezzando leggermente la lunghezza del suo cazzo duro. "Ti piace?"

"Aspetta, posso vederlo?" Qualcuno ha chiesto.

"Perché no? Non stai facendo niente," suggerì Julia.

"Immagino che non sia diverso dal guardare il porno", ha ipotizzato Any, accavallando le gambe e girandosi sulla sedia imbottita per una migliore visione dello spettacolo.

Confuso, Bob ha cercato di capire cosa avrebbe dovuto fare.

Avrebbe dovuto masturbarsi?

In tal caso, perché Julia lo stava accarezzando?

E perché Nancy lo guardava in quel modo?

L'ultima risposta divenne evidente quando Nancy mise la mano dietro la testa di Bob e lo tirò verso di lei.

"Dopo domani, probabilmente non dovrei più farlo. Ma fino ad allora ..."

Non appena le loro labbra si incontrarono, le loro labbra si aprirono e si baciarono il più profondamente e appassionatamente che avrebbero potuto senza un pubblico che guardasse.

Bob si dimenò sotto la mano di Julia, riconoscendo che era una donna diversa che lo toccava e non gli importava.

Niente gli importava di più che baciare Nancy e sentire la sua eccitazione crescere ad ogni battito del suo cuore.

"Adesso lo fai," disse Nancy, allontanandosi e mettendo la mano di Bob sul suo cazzo. "Mostraci."

"Non posso farlo," disse, anche se la sua mano iniziò a muoversi su e giù per il suo membro.

"Vogliamo vederti fare," fece le fusa Nancy, passandosi le dita tra i capelli corti. "E tu sei molto duro."

"Mi hanno messo così."

"Allora Mostrami. Mostraci tutti. "

"Questo è pazzesco", disse mentre voltava la testa ubriaco, incapace di capire se quello che stava facendo fosse giusto o sbagliato.

"No, è sexy come l'inferno," Qualsiasi corretto da dove era seduta.

"Fallo", lo istruì Nancy, afferrandogli delicatamente le palle rasate.

"Cazzo, questo è caldo," Julia fece le fusa, spostandosi al suo fianco.

Diede uno sguardo alla bella bionda e la prese con una mano tra le sue cosce.

"Baciami," le disse e lei lo fece.

I suoi baci non erano dolci come quelli di Nancy, ma erano ansiosi.

Schiaffeggiò la sua lingua con la sua, godendosi i suoi piccoli gemiti, e come lei si dimenasse con lo stesso bisogno che lui sentiva.

"Mi farai venire", ha avvertito.

"Fallo," dissero Julia e Nancy allo stesso tempo.

Entrambe le donne penzolavano dalle sue spalle, guardandolo tirare, tirare e lavorare il suo cazzo duro e gonfio per liberarlo con dolore e bisogno.

Come era successo la prima volta che aveva fatto uno spettacolo a Nancy, è venuto con una tale forza che ha sparato sborra fino ai suoi capezzoli.

"Mio Dio!" Qualcuno applaudì quando Julia si allontanò come se fosse sulla linea di tiro.

"Avanti," lo convinse Nancy, afferrandogli le palle nude, mungendolo, incoraggiandolo a liberarsi da tutte le sue frustrazioni represse.

E il flusso dopo il flusso bianco crema della sua eiaculazione spruzzò contro di lui dal petto all'ombelico e oltre finché non fu sparito.

Rabbrividì, sentendosi soddisfatto e vergognandosi di se stesso.

"Era così caldo!" Julia gemette, sembrando che anche lei avesse un orgasmo.

Gli baciò la guancia e girò la testa sulla sua spalla, guardando Nancy che passava un dito attraverso il suo sperma sul petto e sullo stomaco.

"Fallo ancora."

"Ehm, no," disse Any, perplesso. "Penso che sia ora di andare."

"Ma le cose si fanno interessanti" Julia fece il broncio.

"No, le cose sfuggiranno di mano se non ce ne andiamo," insistette Any, alzandosi e prendendo la sua borsa.

"Se rimani, scommetto che possiamo farglielo fare di nuovo," disse Nancy, ficcandosi in bocca il dito coperto di latte come se stesse sorseggiando un gelato.

"No, seriamente, si sta facendo tardi," insistette Any, fissando ancora il cazzo di Bob. "E vederlo così mi fa venire voglia di fare cose che so di non poter fare."

CAPITOLO 22

Quando Julia ha chiesto se poteva restare, si sono scambiati uno sguardo tra Nancy e Any che Bob pensava fosse importante.

Se non fosse stato così ubriaco e leggermente intontito dal suo orgasmo, era sicuro che avrebbe capito il significato dietro quello sguardo consapevole.

Invece, fu anche sorpreso quando Nancy si alzò e disse:

"Qualunque è giusto. È quasi mezzanotte."

Anche Julia, con aria confusa, si alzò.

Si allungò per prendere la sua borsa e quasi cadde.

"Wow," disse, ridendo e accettando l'abbraccio di Any.

"E tu, Nancy? Come tornerai a casa?"

"Trascorro la notte qui," disse Nancy, conducendoli alla porta. "Nella stanza degli ospiti."

"Uh-huh," disse Any con un sorriso complice.

"Lo giuro," insistette Nancy, fermandosi sulla porta aperta finché non fu sicura che i suoi amici se ne fossero andati.

Si voltò, si appoggiò alla porta chiusa e sorrise a Bob.

"Sei appena diventato l'uomo più sexy che abbia mai incontrato."

"Grazie," disse, alzandosi e guardando i suoi vestiti.

Dovresti davvero ripulirti prima di vestirti di nuovo.

"Non osare," disse Nancy. "Non ti è permesso vestirti."

La guardò, ancora confuso e desiderando di non essere così ubriaco.

"Tornano?"

"No," disse, rilasciando finalmente la maniglia. "Siamo solo noi. Ti aiuterò a ripulire se vuoi."

"Okay," disse, sentendosi ancora intrappolata nella stupidità mentre lei iniziava a prendere i bicchierini e portarli in cucina.

Lentamente, si rese conto del tipo di pulizia che intendeva.

"Va bene se faccio una doccia veloce?"

"Finché resti nudo."

"Perché no?" chiese, il che voleva dire uno scherzo. "Non vorrei bagnarmi i vestiti."

"Mm, non credo che dovresti preoccuparti di questo mentre sono qui," disse, dandole un bacio veloce sulla guancia prima di afferrare il resto degli occhiali.

Bob si sentiva in colpa per le pulizie che Nancy stava facendo per lui.

La sua doccia è durata tutto il tempo necessario per sciacquare lo sperma dal suo corpo.

Anche l'acqua che gli schizzava sul viso lo calmò un po '.

Ancora nuda, trovò Nancy in cucina che lavava i bicchieri e caricava la lavastoviglie.

Si asciugò le mani, gli prese le braccia e lo baciò profondamente.

"Per che cos'era quello?" chiese, chiedendosi se avesse bisogno di una seconda doccia per calmarlo ancora di più.

"Perché sei il miglior amico che una ragazza possa desiderare e io ti amo."

"Anch'io ti amo," disse, rifiutandosi di ossessionarsi per la scelta delle parole.

Anche Nancy era ubriaca, giusto?

Lo ricondusse al divano dove il suo drink era ancora sul tavolino da caffè.

Si rese conto che il suo drink era quasi pieno.

"Bevi da quando ho bevuto io?"

"Probabilmente no," disse, bevendo un piccolo sorso dal bicchiere. "Ci vogliono più di un paio di colpi di tequila per buttarmi giù." Senza chiedere, gli si rannicchiò accanto, gli diede un altro bacio e gli tastò tra le gambe. "Pensi di poterla rendere di nuovo dura stasera?"

"Probabilmente," disse, sentendo già i cambiamenti necessari avvenire tra le sue gambe.

Gli piaceva il modo in cui la sua piccola mano si sentiva sul suo cazzo.

"Bene, perché non voglio farlo da sola," disse, baciandolo di nuovo e continuarono a baciarsi finché non fu completamente duro. "Quanto sei ubriaco?"

"Perché?"

"Perché sei divertente quando sei ubriaco."

Gli porse il suo drink e gli fece cenno di bere un sorso.

"Di più," insistette.

Bevve un sorso più profondo della metà e della metà della miscela che lui aveva preparato per lei.

Gli accarezzò l'erezione.

"Va bene se continuo a farlo?"

Annuì con la testa. "

Ok, ora bevi un altro drink. "

"Se bevo di più, sto per svenire", ha avvertito prima di seguire le sue istruzioni.

Ha cercato di restituirle il bicchiere.

Lo ha accettato, ma invece di berlo, lo ha rimesso sul tavolo.

"So che divento davvero stupido quando mi ubriaco", ha detto.

Sembrava che la sua lingua fosse troppo spessa per la sua bocca, troppo spessa o troppo pigra per pronunciare ogni parola.

"Lo so, e di solito non ricordi molto la mattina dopo."

"Alcune cose," insistette, anche se era più facile accettare come vero quello che aveva detto.

"Ma non tutto", ha detto con un sorriso.

Lo baciò di nuovo e questo gli piacque.

Gli piaceva il modo in cui la baciava.

"È divertente essere nudi e duri intorno a te."

"Perché?"

"Perché so che hai ancora un ragazzo e non sono io."

"Vuoi essere il mio ragazzo?"

Quando Bob annuì, sembrava che l'intera stanza fosse d'accordo con lui.

Teneva la testa molto immobile.

Troppo movimento non era una buona idea al momento.

"Sei così bella."

"E tu sei davvero ubriaco," disse, ridendo di lui.

"Mi hai messo così. E mi hai spogliato anche tu. È una parola divertente, no? Nudo. Mi piace essere nudo davanti a te."

"Ti ricordi la prima volta che sei impazzito davanti a me?"

"Uh-huh", ha detto. "La scorsa settimana, quando abbiamo fatto cose che non dovremmo fare."

"Non era la prima volta," disse, massaggiandosi ancora il cazzo duro.

Si chinò e baciò di nuovo.

"Non ti ricordi la tua festa di lavoro di due anni fa? Quella che ti ho dovuto portare a casa perché eri troppo ubriaco."

"È stato allora che hai detto che tutti quelli con cui esco portano gli occhiali."

"Sì, quella sera eri davvero ubriaco. Cos'altro ricordi?"

"Volevo i pancake," disse, sicuro che fosse la verità.

"Dovevo quasi portarti in camera tua."

"Sei davvero forte."

"Dopo averti messo sul letto, ti ho aiutato a spogliarti, ricordi?"

"No," disse, sicuro di ricordarsi che lei lo coccolava.

"Quando ti ho tolto i pantaloni, mi sono tolto accidentalmente anche la tua biancheria intima."

"Malvagio," strascicò.

"Lo giuro, è stato un incidente," insistette Nancy.

Bob non ha discusso con lei.

Discutere richiedeva troppa concentrazione.

"Ma ti ho visto nudo e mi è piaciuto molto."

"Mi piace essere nudo per te", ha detto.

Ha sorriso.

"Hai pensato che fosse divertente vederti nuda e volevi diventare duro per me."

"No," disse, incapace di immaginare un mondo in cui si sarebbe spogliato nudo e si sarebbe irrigidito davanti a Nancy.

"E sei diventato duro," disse, dandogli un bacio. "Davvero dura." Gli diede un altro bacio prima di chiedergli: "E ti ricordi cosa è successo dopo?"

Lui scosse la testa.

"Ho abbassato la bocca su di lei."

"Ce l'hai fatta?" chiese, sorpreso ed eccitato all'idea che Nancy gli facesse un pompino.

"Sì, ti ho succhiato fino alla fine e non te ne sei mai ricordato."

"Non è giusto," disse, trovando la sua erezione tra le sue gambe e tirandola. "A volte immagino che tu lo faccia quando mi masturbo."

"Lo farò ora", ha detto. "Ma non puoi mai dirlo a nessuno."

"No Andy!"

"Uh-huh, non Andy o Julia o Any o chiunque altro."

"Penso che io piaccia a Julia."

"Penso che Julia sia una puttana strana che scopa un sacco di uomini diversi quando si ubriaca."

"Sì!" Bob era d'accordo senza alcun fondamento, infatti, ma se Nancy diceva che era vero, lo era. "Tuttavia, non lo sei. Non scopi mai con i tuoi amici."

"A volte lo faccio", ha detto. "Come stasera."

Gli baciò le labbra prima che lui potesse pensare a qualcosa da dire.

Poi gli stava baciando il petto e lo stomaco e Bob pensava che fosse davvero un bene che fosse nudo perché non voleva che si fermasse.

E Nancy no.

CAPITOLO 23

Scivolò a terra davanti a lui, tra le sue ginocchia aperte e trascorse un momento ad ammirare il suo pene eretto e la carne morbida che lo circondava.

Ha cullato il suo cazzo tra le mani come se fosse prezioso per lei quanto lo era per lui.

"Quando stavamo giocando lo scorso fine settimana, tutto quello a cui riuscivo a pensare era il momento in cui ti ho fatto un pompino ed eri troppo ubriaco per ricordartelo. Te l'ho quasi detto, ma non potevo".

Sostituì le sue mani con la bocca, attirandolo in profondità tra le sue labbra e risalendo lentamente.

"Questo è qualcosa che amo fare."

Ha ripetuto il movimento.

"Adoro sentire un cazzo lungo e duro dentro la mia bocca."

Ancora più lentamente, ripeté il movimento ancora una volta.

"È il mio tipo di porno preferito da guardare quando mi masturbo ed è anche la mia attività sessuale preferita."

Avvolgendo il suo cazzo, mosse la testa su e giù più volte in rapida successione prima di fermarsi di nuovo ad ammirare l'essenza della sua virilità.

"È così bello," ringhiò Bob, convinto di dormire e sognare perché il solo fatto di essere nel bel mezzo di un sogno intenso poteva spiegare come si sentiva.

"Senti questo," disse prima di avvolgere di nuovo la bocca intorno a lui.

Lo tenne dentro la bocca, mettendo la lingua contro la parte inferiore del suo membro e lo tenne a lungo dentro la sua bocca calda e umida prima di allontanarsi.

"Ho sentito ogni battito della tua erezione. È come se potessi sentire il tuo cuore battere."

"Mi rendi così duro," disse, incapace di trovare parole più eleganti per onorare le sue azioni.

"E come ti sei rasato, posso farlo," disse, accarezzandosi di nuovo le palle.

Ha tirato delicatamente ogni pallina in bocca e l'ha accarezzata con la lingua prima di rilasciarla.

"Posso farlo solo quando l'uomo si sta radendo perché tutti quei capelli mi sembrano disgustosi."

"Sono rasato."

"Lo so," disse, sorridendogli prima di esplorare e giocare con lui.

A volte, quando si baciavano, Bob si sentiva perso nel momento.

Non poteva dire se le loro labbra fossero state premute insieme per un secondo o ore dopo aver finito.

È così che si sentiva anche il suo pompino.

Hai passato ore in ginocchio o semplici momenti?

Non poteva esserne sicuro.

A volte, sapeva che lei lo stava prendendo in giro, svegliarlo deliberatamente così vicino a un orgasmo che stava perdendo precum.

Poi si concentrò altrove finché lui non si calmò abbastanza da permetterle di giocare di nuovo.

Più e più volte, lo stuzzicava sull'orlo di un orgasmo prima di andarsene.

"Fa male", ha detto, sforzandosi di spiegare quanto si sentisse eccitato.

Il suo cazzo bagnato e luccicante ha lottato per il rilascio che lei gli ha negato.

"Non posso credere di non averti succhiato davanti a Any e Julia," disse, alzandosi e togliendosi i pantaloni.

Stordito, la fissò che si muoveva libera dai suoi pantaloni e mutandine.

Vide la sua figa, notando come era rasata come lui.

Ha cercato di raggiungerla, ma lei ha allontanato le mani.

"Per favore?"

"No," disse, mettendo le dita tra le pieghe nude della sua figa. "Non puoi toccare, ma voglio venire anch'io. Voglio guardarti e avere un orgasmo, okay?"

"Va bene," disse, desiderando che lei lo succhiasse ancora.

Ero così duro e bisognoso.

Stava per lasciarlo così?

Sentì il suo cazzo pulsare e vide un'altra goccia di precum colare dalla fessura del suo cazzo e lo sentì scorrere lungo la sua lunghezza come una goccia d'acqua calda.

Nancy era in ginocchio davanti a lui.

I suoi occhi erano concentrati sul suo cazzo duro mentre si strofinava la figa.

Potevo sentire i suoni umidi delle sue dita che lavoravano sul suo clitoride.

Avrebbe voluto vederla mentre lo faceva.

Avrebbe voluto poter aiutare.

Avrebbe voluto poterlo fare per lei.

"Non venire," le disse, allungando la mano sinistra, mantenendo l'erezione e strofinando un cerchio attorno al punto dolente segnato dalla cicatrice della circoncisione.

Ha usato il suo precum come lubrificante, eccitandolo abbastanza da produrre di più.

"Così vicino," gemette, incapace di immaginare di aver bisogno di più.

Nancy ansimò, trattenne il respiro e iniziò a gemere.

"Stai partendo?" Chiedo.

Annuì e continuò ad ansimare e gemere mentre il suo orgasmo le saliva attraverso il corpo, aggrappandosi alle sue profondità e tremando profondamente dentro di lei.

Mentre il suo corpo stava ancora celebrando la sua liberazione dai piaceri carnali, si sporse in avanti, prese il suo cazzo in bocca e lo succhiò.

Alzò e abbassò la testa con movimenti determinati mentre la sua lingua sferzava la parte inferiore del suo cazzo, accontentandolo e giocando con lui per offrire finalmente anche la sua liberazione.

In un certo senso, in un altro mondo, sembrava che lei lo stesse baciando, solo che stava baciando il suo cazzo, ed era troppo per lui resistere.

Lui arrivò, esplodendo in profondità nella sua bocca in una lunga serie di getti dolorosi che avrebbero potuto raggiungere il suo petto se lei non fosse stata lì per intrappolarlo nella sua bocca.

"Sì!" gridò, sollevando la schiena dal divano e dondolando per il brivido del suo orgasmo.

Si dondolava da un lato all'altro mentre il suo stomaco si stringeva, determinata a rilasciare il più grande orgasmo che avesse mai provato dalla bocca della sua migliore amica.

Alla fine, si tirò indietro, lasciandosi dietro il suo cazzo bagnato ma molto pulito.

Non era rimasta traccia del suo orgasmo.

Sorridendo, gli si mise a cavalcioni sulle ginocchia e lui sentì il calore della sua figa vicino al suo cazzo.

Lo sciocco ubriaco dentro di lui sperava che ora avrebbero scopato anche loro.

Invece, premette la bocca contro la sua e lo ricompensò con un altro bacio.

Bob voleva dirle qualcosa di romantico.

Voleva dire più di "Ti amo" perché quelle parole non includevano un accenno alla loro amicizia.

"Dio, mi piaci davvero", ha detto.

"E davvero, mi piace davvero che tu sia ubriaco," disse, sfiorando le sue labbra contro le sue più nel modo in cui gli amici potrebbero baciarsi sulle labbra.

Gli saltò giù dalle ginocchia e gli tese le mani, aiutandolo ad alzarsi dal divano.

"Adesso vai a letto e ricordati di spogliarti per me domattina."

"Lo prometto," disse, tenendosi il cazzo e chiedendosi perché fosse così bello.

Coprendosi la sua nudità, entrò in punta di piedi nella sua stanza, chiuse la porta e si infilò nel letto.

Il letto si sentiva bene.

Dormì, senza immaginare che, nella stanza accanto alla sua, la sua migliore amica stesse avendo altri due orgasmi prima che anche lei si sentisse abbastanza rilassata da dormire.

CAPITOLO 24

Un raggio vagante di sole sul suo viso ricordò a Bob che i vampiri avevano sempre ragione, la luce del sole uccide.

Si ritrasse dal bagliore e gemette.

La sua lingua era fradicia mentre si chiedeva chi avesse portato un gatto nella sua stanza allo scopo di cagarle in bocca.

Barcollò fuori dal letto, vagamente consapevole della sua nudità mentre si trovava davanti al suo bagno.

Usare il muro di fronte a lui come supporto ha riportato alla luce pezzi di quello che era successo la notte prima.

Ricordava la pausa per il bagno che aveva fatto prima di spogliarsi.

Si lavò i denti prima di fare la doccia, cercando di scacciare l'odore persistente del cibo cinese seguito da rum, Coca-Cola e tequila.

Ha cercato di mettere insieme gli eventi della notte prima.

Era più o meno chiaro fino a quando non andò in bagno e da quel momento le cose si fecero torbide.

Si ricordava di aver guardato un porno con le tre ragazze.

No, non era giusto.

Avevano guardato insieme i video di YouTube, davvero audaci.

Nascosto nel profondo di quella nebbia c'era il ricordo di essersi spogliati davanti a loro.

Merda.

Si era fatto la doccia e si stava ancora radendo quando Nancy si presentò alla porta della sua camera da letto con una tazza di caffè.

"Come ti senti, tigre?"

"Postumi di una sbornia," ringhiò.

Si tolse la crema da barba dal labbro superiore in modo da poter ingoiare l'umore portato dal liquido nero all'interno della tazza di caffè.

Una dozzina di tentativi dopo, ha finito di radersi.

Nancy era appoggiata alla porta a guardare tutto il tempo.

"Mi piace vedere un ragazzo che si fa la barba."

"Lo so," disse, facendo scorrere una mano sulle sue parti nude.

Anche se si sentiva un po 'a disagio nell'essere nudo di fronte a lei, non gli importava.

Cosa aveva lui che lei non aveva visto?

La sorprese a guardarsi la fronte.

"Mi sono spogliato davanti ai tuoi amici?"

"Forse un po 'nudo," confermò, uscendo dalla porta.

"Quanto è nudo un po 'nudo?" le chiese, seguendola in soggiorno e in cucina.

"Abbastanza nudo da poter giocare a lanciare braccialetti intorno al tuo cazzo."

"Oh Dio, ti prego, dimmi che stai scherzando," disse, scervellandosi disperatamente il cervello per qualsiasi ricordo che potesse avere dei suoi amici che lanciavano braccialetti al suo cazzo duro.

È diventato vuoto, ma sapeva che non significava nulla.

"Rilassati," disse, riempiendo lei e le sue tazze di caffè. "È stato divertente."

"Abbiamo guardato il porno?"

"Abbiamo guardato i video di YouTube", ha detto, che corrispondeva alla sua memoria.

"E il porno?"

"Potrebbe esserci stata della pornografia mentre Julia ti stava succhiando."

Bob quasi sputò quando soffocò.

"In nessun modo lasceresti che Julia me lo succhiasse."

"Perché?"

"Perché so cosa provi per lei. Come l'hai detto un paio di settimane fa?" È una puttana strana che scopa qualsiasi cosa con un cazzo dopo tre drink. "Penso che sia più o meno come l'hai detto. almeno questa è l'essenza di ciò che pensi ".

"Sì, va bene. Ma gli è piaciuto vederti nudo."

"E dura?"

"Davvero dura."

"E anche qualcuno?" chiese, anche se non poteva immaginare di essere nudo per due e non per tre.

"Sì, Any è stato quello che ti ha succhiato anche tu."

"Basta," gemette. "Ha un fidanzato, quindi so che non lo farebbe."

"Oh quindi stai dicendo che l'ho fatto?" Chiese Nancy con le sopracciglia inarcate.

"Nei miei sogni l'hai fatto," rispose Bob, provando uno strano senso di déjà vu mentre pronunciava quelle parole.

Era successo?

Aveva sognato che Nancy glielo avesse succhiato la scorsa notte?

Distolse lo sguardo.

Pensandola in modo sessuale, era più imbarazzante essere nudo davanti a lei.

Sorridendo, fece scorrere gli occhi su di lui e si fermò quando gli raggiunse la vita.

"Sembra che l'idea ti piaccia," fece le fusa.

Bob guardò in basso, vide il suo cazzo diventare più grosso e più lungo e si mise dietro il bancone della colazione.

"Stare nudi intorno a te è strano."

"È più divertente quando sei duro," disse, sembrando delusa dal fatto che si fosse trasferito dietro il bancone.

Bevve un sorso di caffè, cercò di vedere attraverso la nebbia della sera prima e continuò a rimanere vuoto.

"Puoi dirmi qualcosa su quello che è successo?"

"Be ', potrei avere una o due foto," disse, sollevando il telefono. "Ma non so se ti piacerà vederli."

"E adesso cosa?" Il sospiro.

"Che lo farai di nuovo la prossima volta che ci incontreremo."

"Fare cosa di nuovo?"

"Beh, mettere la bustina di tè nei nostri drink è stato divertente."

"Non l'ho fatto," gemette, sicuro che avrebbe ricordato qualcosa di così oltraggioso.

Nancy fece scorrere il dito sul telefono.

Gemette di nuovo:

"Perché mi hai lasciato fare questo?"

"Mi sarebbe piaciuto", ha detto, passando al video successivo che mostrava anche il suo sacchetto di palline nudo nel suo drink.

Lo fermò prima che mostrasse che lo stava succhiando.

"Avremmo dovuto farti ubriacare."

"Lo so," sorrise, spegnendo il telefono. "E credimi, mi sono divertito molto a mostrarti."

Il suo sorriso svanì quando pose la domanda imbarazzante:

"E che mi dici di Andy?"

Prese un sorso di caffè prima di rivelare:

"Andy è il motivo per cui non sono andato a letto con te la scorsa notte."

"Comunque, anche se fosse successo, probabilmente non se ne sarebbe ricordato neanche lui."

Nancy sorrise e lo baciò sulle labbra.

"Ieri sera mi avevi promesso che saremmo andati a fare colazione domani mattina."

"Non ho un chiaro ricordo di averlo detto", disse, dirigendosi verso la sua stanza per vestirsi.

Forse sì, forse no, ma non importava.

CAPITOLO 25

Si sono presi un giorno libero dal lavoro e hanno trascorso il resto della mattinata e la maggior parte del pomeriggio insieme a visitare il parco e fare shopping in centro.

Nancy lo prendeva in giro per le cose che erano successe la notte prima e Bob rimase vuoto chiedendosi se stesse dicendo la verità.

A un certo punto ha minacciato di chiamare Julia.

Invece, Nancy le ha mostrato un messaggio di testo che Julia aveva inviato in precedenza che diceva:

"Quando posso rivedere Bob nudo?"

"Penso che sia positivo che non ci stiamo frequentando", ha detto Bob. "Le amiche tendono a diventare gelose quando i loro fidanzati sono nudi con altre donne".

"Non lo sarei," disse Nancy ridendo. "Penso che inizierò a chiedere che tutti i miei ragazzi siano sempre nudi. Mi piace troppo. E dovranno spogliarsi davanti ai miei amici. Oh, e anche radersi ovunque".

"Wooh! Ho tutto questo!" Bob batté le mani.

***

Sulla via del ritorno a casa, ha passato del tempo a mandare messaggi a qualcuno.

Sembrava una cosa seria, quindi Bob non l'ha disturbata finché non ha parcheggiato la macchina.

"Tutto bene?" Chiedo.

"Guarda, devo andare. Sono Andy. È tornato a casa il giorno prima."

"Questa è una buona notizia, vero?" Disse Bob, chiedendosi perché sembrava scioccata.

"Sì, è solo che ..." iniziò, abbassandosi e distogliendo lo sguardo.

"Ehi, è il tuo ragazzo. Vai a fargli il trucco e dagli la possibilità di baciarti. Forse piangerà anche nella vita reale."

"Non voglio che le cose cambino tra di noi."

"Perché dovrebbero farlo?" Chiese Bob, confuso dal suo commento. "Siamo ancora i migliori amici, giusto?"

"Promettimi che non cambierà."

Era una promessa facile per lui.

Poi, ha aggiunto: "Va bene se stai con lui".

"Mi hai detto ieri sera che stavi giocando con me."

"Lo so e penso ancora che dovresti preoccuparti. Ma è tornata a casa presto e questo deve significare qualcosa, giusto?"

"Credo."

"Ed è ancora Andy, giusto?"

Quando ha visto che non era molto convinta, ha elencato i motivi per cui le piaceva.

"È bello, motivato e ha soldi. È ancora vero, vero?"

"Probabilmente."

"Vai a trovarlo. Dagli la possibilità di piangere per te nella vita reale."

"Non piangerà nella vita reale."

"Dieci dollari sì," insistette Bob.

"Non succederà," disse, fermandosi ancora un momento e guardando Bob. "Sei davvero il mio migliore amico, lo sai vero?"

"Vattene di qui," lui scrollò le spalle, sorridendole. "Vai a scopare. Te lo meriti."

Bob scese, fece il giro della macchina e aprì la portiera.

"Noi stiamo bene?" chiese, ancora pensierosa.

"Stiamo bene", ha detto, mostrando un grande sorriso.

Andarono alla sua macchina e lui aspettò che lei mettesse in moto prima di entrare in casa sua.

Era un'abitudine che le aveva insegnato sua madre: assicurati sempre che l'auto della ragazza si avvii prima di lasciarla.

Non ci ha pensato due volte prima di farlo.
Mentre lei si allontanava, le augurò in silenzio la sua fortuna.

CAPITOLO 26

Tornato nella sua casetta, ha svuotato la lavastoviglie e si è pulito un po 'dalla sera prima prima di tuffarsi di nuovo nel suo videogioco.

Seguire la storia le sembrava più difficile mentre la sua mente correva.

Non aveva dubbi che Nancy e Andy avrebbero sistemato le cose, con grande sgomento di Chris.

Sarebbe una lezione per Chris per aver cercato di mettersi al centro delle cose.

Pensò a Julia e si chiese se fosse davvero una puttana strana come aveva sempre detto Nancy.

Sarebbe strano se iniziasse a uscire con uno degli amici di Nancy?

Perse la cognizione del tempo, notando a malapena che era scesa la notte finché non fu inondato dal bagliore bluastro della sua televisione.

Ha acceso una lampada, ha mangiato gli avanzi di ieri e ha ripreso a giocare.

Si chiese come sarebbero cambiate le cose con Nancy dopo che lei avesse sistemato le cose con Andy.

Era improbabile che si baciassero di più, ma che dire di mettersi a nudo davanti a lei e ai suoi amici?

Il pensiero perso ha generato un trambusto nei suoi pantaloni che ha cercato di ignorare.

Ho provato a ricostruire la notte prima.

Per quanto tempo lo avevano tenuto nudo?

Tutta la notte?

Ricordava di essersi svegliato nudo in un letto vuoto.

Abbassando il controller, si accarezzò la lunga e dura erezione e immaginò che lo stessero fissando.

Lo avevano incoraggiato?

Lo avevano baciato?

Non riusciva a ricordarlo.

E che dire del breve video di Julia e poi di Nancy che gli leccano le palle?

Quanto è stato folle?

Bob si tolse i vestiti e li portò in camera sua.

Hai cambiato la tua televisione per videogiochi con il tuo browser Internet.

Il browser si è aperto su un sito porno che non riconosceva e si chiedeva perché.

Avevano fatto di più che guardare i video di YouTube la scorsa notte?

Sorrise, desiderando di poter ricordare di più quando iniziò a lavorare sulle categorie per questo nuovo sito.

Aveva appena avviato un video quando il suo telefono squillò con il suono di ricevere un messaggio di testo.

CAPITOLO 27

Guardò l'ora e vide che erano appena passate le undici.

È stato strano.

Di solito non ricevevo messaggi di testo o telefonate così tardi.

Prese il telefono e vide un messaggio di due parole di Nancy:

"Sei sveglio?"

"Sì," rispose, sorridendo al doppio significato che la sua domanda e risposta implicavano.

"Posso andare?"

"Certo", ha risposto. "Tutto bene?"

"A presto."

Bob si è pentito di aver chiesto se andava tutto bene.

Ovviamente no.

Se tutto andava bene, Nancy non gli avrebbe mandato un messaggio così tardi.

Se le cose andavano bene, avrebbe dovuto godersi il sesso con il suo ragazzo e non mandare messaggi a un amico.

Si è messo un paio di pantaloncini e una maglietta, ha preparato una tazza di caffè e ha anche tirato fuori la grande bottiglia di rum dell'altra sera in modo che lei potesse scegliere quello che preferiva.

Era di nuovo seduto davanti alla sua televisione quando qualcuno bussò piano alla sua porta di casa.

Non appena ha aperto la porta, lo ha abbracciato.

"Sei bravo?" chiese, tenendola stretta al petto.

"Adesso sto meglio," disse, lasciandolo andare ed entrando in casa sua.

Sbirciò il fondo della bottiglia di rum sul tavolo, girò il tappo con un movimento del pollice e bevve un sorso direttamente dalla bottiglia.

"Avevo sete", ha detto.

Tirò fuori il resto della Coca-Cola della sera prima e le gettò un paio di cubetti di ghiaccio in un bicchiere.

"Tutto bene?"

"Dobbiamo parlare," disse, riempiendo a metà il bicchiere di rum.

Bevve un piccolo sorso, sussultò per il prurito e posò il bicchiere sul tavolo.

Prendendolo per mano, lo condusse al suo divano.

Bob cercò indizi sul suo viso.

Da quello che poteva vedere, non aveva pianto, quindi era un bene, giusto?

"Come sta Andy?"

"Ti devo dieci dollari," disse con un piccolo sorriso. "Non l'ha fatto subito, ma ha pianto."

"Vuoi parlare di questo?"

Nancy annuì, ma sembrava anche in conflitto.

Iniziò a dire qualcosa, scrollò di dosso la sua prima scelta di parole e fece un secondo tentativo.

"Perché mi hai lasciato andare questo pomeriggio?"

"Perché avevi bisogno di vedere il tuo ragazzo," rispose, confuso dalla domanda.

"Ma volevi che me ne andassi?"

"Non proprio", ha detto. "Voglio dire, so che ne avevi bisogno, ma mi piace stare con te."

Per la prima volta, Bob si rese conto che Nancy si era cambiata prima di andare da Andy.

Indossava jeans e una maglietta quando è uscito quel pomeriggio.

Ora, indossava un bel vestito estivo e si truccava.

Anche i suoi capelli erano raccolti e sembrava, beh, vivace.

Poteva immaginare quanto doveva essere stata radiosa all'incontro con Andy.

"Vuoi raccontarmi cosa è successo?"

È iniziato con i messaggi di testo che aveva ricevuto quel pomeriggio.

"Ele pegou um vôo mais cedo para casa e apareceu no escritório procurando por mim, só que eu não estava lá. Então ele parou na minha casa e eu também não estava."

"Uau", disse Bob.

"Eu disse a ele que estava bebendo com as meninas e acabamos na sua casa."

"O que ele disse sobre isso?"

"Isso realmente não importa", Nancy deu de ombros. "Ele queria me encontrar em minha casa, mas eu o deixei esperando. Disse a ele que precisávamos conversar, então saímos para jantar."

"Como foi isso?"

Nancy revirou os olhos e suspirou.

"Conversamos muito. Ele se desculpou pelas coisas que aconteceram e também foi honesto. Não acho que estava certa em dizer a ele que Chris tinha me mostrado aquela foto, porque então ele queria saber por quanto tempo ele sabia que estava sendo 'travesso'."

"Como se isso importasse."

"Eu sei, certo? Quer dizer, foi ele quem me traiu, não eu. Então, que diferença fez quando e como eu descobri?"

"Ainda acho que foi bom você ter contado a ele", disse Bob.

"Talvez eu não saiba", disse Nancy, torcendo as mãos no colo.

Ela ficou em silêncio por um momento antes de continuar, como se estivesse reunindo coragem para contar a próxima parte.

"Ele me disse que me ama."

"Ele disse isso ao telefone também", observou Bob.

"Eu sei."

"Você ama ele?"

"Achei que ainda poderia amá-lo depois do que ele fez. Quer dizer, dissemos 'eu te amo' um para o outro, mas só porque você diz isso, isso significa alguma coisa? São apenas palavras, certo?"

"Não para mim."

"Eu sei", disse ela, olhando para as mãos por um momento. "Eu não disse a você o que fizemos juntos, foi errado?"

"Não sei", disse Bob, dando de ombros. "Fizemos algo realmente ruim? Coisas aconteceram com Any e Julia também, então o quão ruim foi?"

"Você realmente não se lembra, não é?" Nancy perguntou com um pequeno sorriso.

"Acho que você se certificou de que eu não me lembrasse de nada da noite passada", disse ele, acusando-a.

Parecendo muito culpado, ele acenou com a cabeça antes de confessar:

"Mas você sabe de algo? Estou feliz que aconteceu."

"Você está feliz com o que aconteceu?" Bob perguntou, irritado com sua memória turva após as doses de tequila.

"Você não tem ideia de quão quente você é comigo."

"Chega", disse ele, revirando os olhos.

Foi bom ouvir isso, mas não acreditei, especialmente vindo de Nancy.

Ela tinha uma reputação de namorar homens bonitos que podiam trabalhar como modelos e ela merecia esse calibre de homem também.

"Eu tenho um nariz grande."

Não era a primeira vez que ela o chamava de excitante, mas ele ainda não acreditava nela.

"Você tem um nariz grande", disse ele, cutucando-o. "Combina com o seu rosto e faz você parecer interessante."

"Interessante não é bonito."

"É melhor do que o rosto bonito e entediante de Andy."

"Termine de me contar sobre ele", disse Bob, com medo de que eles se afastassem muito do assunto.

"Você sabe o que eu gostei no Andy?" ela perguntou. "Às vezes ele me fazia rir como você."

"Isso é bom."

"Exceto que era apenas às vezes."

"Ok, agora pareço interessante e divertido", brincou ele.

Nancy ignorou seu humor autodepreciativo.

"Sai cos'altro mi piaceva di lui? A volte mi apriva una porta o tirava fuori una sedia da un ristorante."

"Anche questo va bene," disse Bob.

"Tranne che lo fai sempre. Ti ricordi questo pomeriggio prima che partissi? Che cosa hai fatto?" lei chiese.

Si strinse nelle spalle, non sicuro di cosa intendesse.

"Sei rimasto nel vialetto finché non me ne sono andato."

"Così?" Chiedo.

"Ma lo fai sempre. Sempre."

"Uh-huh," ammise, certo di essersi probabilmente dimenticato di farlo un paio di volte.

Nessuno era perfetto.

"E il modo in cui baci! Dannazione Bob, nessuno mi ha mai baciato come fai tu."

"Posso dire lo stesso per te", ha detto, rifiutando l'intero credito. "Ma cosa c'entra questo con Andy?"

"Perché sei la ragione per cui ho rotto con lui."

"Me?" chiese, più confuso che mai. "Ma perché?"

"Perché ti amo," scattò.

"E io ti amo," disse automaticamente.

È stata una risposta facile e automatica.

"No, voglio dire, ti amo davvero."

"E ti amo davvero," rispose, senza rendersi conto della differenza.

"Dannazione," disse, con aria esasperata.

Nancy si chinò e lo baciò.

È stato un bacio profondo e intenso che non mi aspettavo.

La baciò di nuovo, felice di sentire di nuovo le sue labbra contro le sue.

Con Andy tornato in città, non pensavo più che l'avrebbero fatto.

Tranne che, se avesse rotto con Andy, forse stava di nuovo bene?

Nancy gli fece scivolare la mano tra le gambe e iniziò ad accarezzarlo.

Bob si allontanò, interrompendo il loro bacio e la fissò.

"Sei sicuro che dovremmo farlo?" Chiedo.

"Sì," disse, facendo scivolare la mano all'interno della cintura dei suoi pantaloncini fino a toccare la sua virilità liscia e rasata.

Si sporse in avanti per un altro bacio.

Per un lungo momento, Bob si sentì perso nella gioia delle sue labbra contro le sue e nel brivido del suo tocco prima di allontanarsi di nuovo.

"Ma ora sei single."

"Lo so," disse, alzandosi e tastando il prendisole.

Ha trovato la cerniera nascosta sotto il braccio.

Quando ha aperto la cerniera del vestito, il vestito le è caduto alle caviglie e ha rivelato i suoi seni perfetti.

Bob rimase a bocca aperta davanti alla sua nudità, sbalordito da quanto fosse perfetta.

Bob lottò cercando di guardarla in faccia invece di guardare i suoi seni nudi.

Per quanto superficiale come sembrava ammetterlo, non riusciva a ricordare un momento in cui non aveva ammirato il suo petto.

Aveva studiato le tette di Nancy, notando quando i suoi capezzoli erano duri, la loro dimensione e forma.

Aveva ammirato la sua forma quando era coperta di maglioni, gilet o dondolava dolcemente dentro una maglietta attillata.

Ma nessuna delle sue congetture riuscì a prepararlo a vederla in topless, con indosso solo mutandine.

Smise di cercare di essere timido guardandole il petto.

"Sono belli", ha detto con un senso di riverenza.

Nancy rise, si mise a cavalcioni sulle gambe e si portò le mani al petto.

"Va bene se li tocchi."

Bob ha immediatamente catturato i suoi capezzoli tra le dita e i pollici, dondolando delicatamente e torcendo i suoi gemelli e rigidi punti di piacere.

Ansimò e sorrise.

"Avrei dovuto sapere che saresti stato bravo a interpretarli."

Si chinò per un altro bacio e Bob continuò ad esplorare i suoi seni, notando che tipo di tocchi la facevano gemere o baciarlo più profondamente.

Nel piccolo spazio tra loro, lei annaspò tra le sue gambe, massaggiando forte il dolore.

Nancy interruppe il loro bacio, si alzò e gli sorrise.

"Togliti la camicia," disse, agganciando i pollici all'interno della cintura delle sue mutandine.

Si tolse la camicia il più velocemente possibile, non volendo perdere un momento in cui lei si toglieva le mutandine.

Con un sorriso malvagio, si rivelò dalla testa ai piedi, nuda e ben rasata come lui.

Chinandosi, cercò di togliergli i pantaloncini, ma lui la fermò.

"Non credo che dovremmo essere entrambi nudi", ha detto.

I suoi pantaloncini attillati erano la sua unica protezione contro andare troppo lontano.

"Ma ti amo," disse, cercando di nuovo di infilarsi i pantaloncini.

"E io ti amo," ammise, incapace di evitare di passarsi la mano sul corpo.

Il suo tocco provocò un altro bacio mentre si alzava e si chinava su di lui.

Ancora una volta, le sue mani hanno trovato le sue tette e non aveva bisogno di toccarla tra le gambe per sapere quanto l'amava.

La sua lussuria si manifestava nel suo bacio e come le sue mani accarezzavano il suo corpo nudo.

Se glielo avesse permesso, lui l'avrebbe accontentata in ogni modo possibile, tranne che sapeva che non potevano fare l'amore.

"Ti amo," ripeté, ancora una volta a cavalcioni sulle sue gambe.

Ciò rendeva il resto del suo corpo troppo accessibile perché lui potesse resistere.

Osò toccarla tra le sue gambe, prendendo a coppa il suo sesso e sentendo il suo calore.

La sua figa era bagnata e bisognosa come la sua erezione.

Altre parole furono perse per altri baci mentre la accarezzava.

Era onorato di sentire il suo entusiasmo e condividerlo con lei, ma questo non fu abbastanza per farle cambiare idea.

"Voglio questo," ansimò, dimenandosi contro di lui.

"Non possiamo," disse, trovando così difficile resistere al richiamo della sirena della sua nudità e del suo carattere desideroso.

Gli lanciò uno sguardo triste e deluso.

"Ma perché?"

"Non ho mai amato nessuno tanto quanto te. Questo è vero dal giorno in cui ci siamo incontrati", disse mentre i suoi occhi cercavano la sua comprensione. "Posso vivere senza averti mai, ma non posso perderti. Se lo facciamo, non posso mai lasciarti andare."

"Hai promesso?"

"Dico sul serio", ha insistito.

"Bene, allora starò nudo per un po ''," disse, scendendo dalle sue ginocchia.

Si avvicinò al tavolo, riempì il resto del bicchiere di Coca-Cola e lo riportò sul divano come se niente fosse.

Arricciò le gambe sotto di sé e prese un sorso del suo drink mentre lo guardava vedere la sua nudità.

"Sai, a volte ti mettevo una maglietta molto attillata perché pensavo fosse divertente come hai provato così tanto a non guardare le mie tette."

"Brat," disse con un mezzo sorriso.

Questo va bene per Nancy.

Avrebbe fatto qualcosa del genere.

"Scommetto che hai studiato anche il mio sedere, giusto?"

Bob sentì la sua faccia arrossire mentre annuiva e disse:

"Hai un culo epico."

"È un culo piatto e stretto," disse con un sospiro. "Ma grazie per averlo notato. Non hai idea di quanto sia difficile per me trovare jeans che ti stiano bene."

"Sì, lo so," disse. "Ho fatto shopping con te, ricordi?"

Nancy rise.

"Giusto, e mi hai sempre dato una risposta onesta. La maggior parte dei ragazzi non rischierebbe mai di farlo con una donna."

"Solo che siamo amici e io non voglio perderlo. Non posso. Tu significhi troppo per me."

"Hai anche un gran bel culo", ha detto. "Soprattutto dopo che hai iniziato a correre. Voglio dire, era bello prima, ma ora? Hai idea di quanto mi piace vederti indossare pantaloncini da corsa?"

"Non ha detto.

"Eppure non siamo mai usciti insieme. Perché?"

"Beh, per cominciare, hai sempre avuto un ragazzo."

"Non lo so."

Prese un sorso del suo drink prima di metterlo da parte.

"Ti amo," disse con uno scintillio negli occhi.

"Ti amo anche io", rispose, restituendo una semplice affermazione di fatto.

Per qualche ragione, non era abbastanza per lei.

Lei scosse la testa e lo guardò.

"Non sto dicendo che mi piace che mi piaci. Sto dicendo che amo amarti. Mi dispiace che Andy e il resto di quei ragazzi abbiano dovuto capirlo, ma amo amarti e non voglio smettere, mai. Nemmeno quando siamo cento e le mie tette sono caduti in vita. "

Nancy si alzò e si infilò i pantaloncini.

Questa volta, lasciò che accadesse, i loro occhi si incontrarono mentre lei gli stava a cavalcioni.

Si sporse in avanti, baciandolo mentre stringeva il suo membro impaziente e pulsante.

Si alzò, ma prima che potesse abbassarsi intorno al suo membro gonfio e dolorante, Bob l'afferrò per i fianchi e la tenne ferma.

Prima che accadesse, avevo un'ultima domanda a cui dovevo rispondere:

"Possiamo ancora essere amici se lo facciamo?"

"È meglio che restiamo così," disse Nancy, guidandolo dentro di lei finché i loro corpi non furono vicini come i loro cuori erano sempre stati.

CAPITOLO 28

Si abbracciarono, tenendo insieme i loro corpi e baciandosi mentre lei si dondolava con lui dentro di lei, riempiendola completamente.

E anche Bob si sentiva pieno.

Si sentiva come se avesse passato tutta la vita ad aspettare il momento in cui lei si sarebbe donata a lui.

Ha premuto, avendo bisogno di essere completamente dentro di lei, più in profondità che poteva, e godendosi la sensazione della sua figa calda e bagnata intorno a lui, afferrando delicatamente e afferrando il suo cazzo duro.

Mosse le mani sul suo culo perfetto, prendendole le natiche e aiutandola a muoversi su e giù.

Ha sentito ogni parte del suo corpo in una volta.

Poteva sentire i suoi capezzoli rigidi premere contro il suo petto.

La sua lingua ballava con la sua mentre si baciarono con il doppio della passione emotiva che avevano nel loro primo tentativo di bacio.

Sentiva il suo bisogno e il suo desiderio per lui che corrispondevano alla stessa cosa che provava per lei.

Più e più volte, Nancy si alzò e cadde su di lui, premendo contro il suo cazzo mentre gemeva profondamente nella sua bocca.

Aveva un modo di dimenarsi mentre si muoveva che era incredibile.

Sentì la sua fica tremare, stringersi intorno a lei e tirare leggermente mentre si alzava solo per impalarlo di nuovo.

Bob aveva scopato altre donne.

Li aveva sentiti aprirsi a lui, accettarlo e attirarlo più a fondo con un bisogno che corrispondeva al suo fuoco.

Ma con Nancy, sembrava che non volesse lasciarlo andare neanche lui.

Le avvolse le braccia intorno e si premette in avanti per aumentare la sensazione del suo corpo contro il suo.

Nancy interruppe il loro bacio, gettò indietro la testa e gemette rumorosamente quando il suo corpo iniziò a tremare.

Ansimò con un respiro pieno.

Poi si coprì di nuovo la bocca proprio mentre Bob sentiva la sua esplosione iniziare tra le sue gambe.

Premette, più profondamente che mai, e venne con un brivido e un palpito che non aveva mai conosciuto prima.

Ad ogni rude rilascio del suo orgasmo, sentiva la sua figa stringersi intorno a lui, aggrappandosi a lui mentre veniva anche lei.

Si unirono l'uno nelle braccia dell'altro finché non furono ridotti a un duo ansimante e ridente.

CAPITOLO 29

"Dannazione, stai andando alla grande," fece le fusa, inondandogli il viso di baci.

"Io? Non è mai stato così bello. Che diavolo hai laggiù?"

"Magia," disse, ridendo, baciandolo di nuovo.

Si abbracciarono a lungo prima che nessuno dei due volesse muoversi.

"Potremmo aver rovinato il tuo divano"

"O l'abbiamo rotto," disse quando lei si alzò dalle sue ginocchia e le tese la mano.

Dopo averlo condotto in camera da letto, iniziò a inondarlo di baci, iniziando dalle sue labbra e muovendosi lentamente lungo il suo petto.

Quando gli raggiunse lo stomaco, si fermò e disse:

"Ho una confessione da fare. Questa non sarà la prima volta che mi innamoro di te."

Bob rise.

"Credimi, nelle mie fantasie l'hai fatto molte volte."

"E l'ho fatto anche nella vita reale", disse preoccupata. "Due volte. Una volta dopo la tua festa di lavoro e di nuovo ieri sera."

Bob la fissò per un lungo momento cercando di decidere come si sentiva riguardo alla sua bomba.

"Abbiamo fatto qualcos'altro?"

Lei scosse la testa.

"Volevi?"

Nancy annuì e la ritrasse dal corpo.

"Grazie," disse prima di baciarla.

"Non sei arrabbiato?"

"Ehm, mi hai succhiato due volte e dovrei essere arrabbiato? Quanto bene mi conosci?"

"Prometto che questa volta sarà memorabile", disse, scivolando lungo il suo corpo e facendo proprio questo.

* * *

Continuarono a fare l'amore insieme finché il sole non fece capolino dalle finestre e trovarono due amanti aggrovigliati l'uno nelle braccia dell'altro.

Ridendo e sorridendo, fecero frittelle insieme nudi.

Dopo colazione, Nancy ha portato i piatti vuoti nel lavandino e lo ha cacciato via quando ha cercato di aiutare.

Bob si appoggiò al bancone di fronte e la guardò muoversi, studiandola ogni curva finché non ce la fece più.

Le premette contro il sedere nudo, le accarezzò la fronte e le accarezzò il collo.

Ricordava la sua previsione di cosa sarebbe successo se fossero arrivati alla fine.

"Ti senti ancora in colpa per aver scopato il tuo migliore amico?"

"Non ancora," disse, dimenandosi contro di lui. "Potremmo doverlo fare un altro paio di volte per quello."

"Gli hai letto nel pensiero," disse mentre accoccolava la sua crescente erezione tra le sue natiche.

CAPITOLO 30

L'atmosfera all'interno del bar era più festosa del solito per il quartetto di volti sorridenti che condivideva un tavolo vicino al bar.

Bob bevve la sua unica birra mentre Julia e Any insistevano che lo avevano sempre visto arrivare.

"Non ti sei mai reso conto di come ti guardasse Nancy," fece notare Any.

"Oh, dovevi sentirla parlare di te tutto il tempo", aggiunse Julia.

Dopo la sua separazione da Nancy, Andy aveva richiesto un trasferimento di nuovo a Houston.

Nel frattempo, Chris era ancora seduto al bar come un predatore, cercando di conversare con qualsiasi donna che non fosse scortata.

"Una parte di me sente che dovrei ringraziarti per qualcosa," disse Bob a Nancy con un gesto verso Chris. "Ma poi ricordo quanto era stupido con me."

Ha condiviso la storia di come Chris aveva cercato di intimidirlo, dicendo che non aveva alcuna possibilità con Nancy o Julia.

"Quando è successo?" Chiese Nancy.

"La notte in cui Julia mi ha rasato."

"Cazzo, era così eccitante," disse Nancy, mettendo un bacio sulle labbra di Bob. "Mi sono bagnato così tanto a guardarlo."

"Tu? Ho bruciato le batterie del vibratore dopo che ve ne siete andati!" Ha detto Julia.

"E beh, solo così lo sai, è stato fantastico restare rasati", ha scritto Nancy.

"Ho cercato di convincere il mio ragazzo a farlo, ma non lo farà", fece una smorfia.

"Beh, ogni volta che hai bisogno di uno spettacolo fammelo sapere," si offrì Nancy, stringendo la coscia di Bob.

"Wow, non posso votare su questo?" chiese, sorpreso.

"Non proprio", ha detto. "Veramente, dammi le chiavi della tua macchina."

"Perché?" chiese, tirandoli fuori dalla tasca.

"Perché stasera sono diventato l'autista designato", disse Nancy, indicando il cameriere e ordinando un giro di drink.

Quando arrivarono i drink, Bob spinse il suo di fronte a Nancy e le riprese le chiavi della macchina.

"Non ho bisogno di essere ubriaco per quello che hai pianificato."

"Che caldo," disse, dandogli un bacio. "Mi hai appena bagnato come l'inferno."

E dai sorrisi impazienti sui volti di Julia e Any, Bob capì che non era sola nel modo in cui si sentiva.

FINE

COINQUILINI FEMMINILE (DOMINAZIONE EROTICA)

CAPITOLO 1

“Puoi spegnerlo, per favore?” Disse Vicky. "Sto cercando di studiare qui."

Per circa la ventesima volta oggi, la ragazza, una matricola, si è chiesta che tipo di algoritmo di corrispondenza per la ricerca del compagno di stanza stesse usando l'Università.

Dopotutto, chiunque abbia metà cervello potrebbe rendersi conto che è opportuno evitare a tutti i costi di mettere uno studente di un ramo specializzato in servizi sociali insieme a uno studente di un ramo specializzato in informatica.

Alcune semplici domande a scelta funzionerebbero in un caso come questo, per evitarlo.

Una direzione? Chi può studiare con quelle sciocchezze del genere, a tutto volume, in sottofondo?

Peggio ancora, chi può mantenere la propria sanità mentale e il proprio QI guardando ragazzi che sono ovviamente così stupidi?

"No, sta diventando buono," disse Joyce, alzando il volume ancora più in alto.

"Molto divertente," disse Vicky. "Adesso mettilo giù, per favore."

"Non riesco a sentirti," gridò Joyce. "Che cosa hai detto?"

"Giù." Una parte di lei avrebbe voluto ridere, ma una parte di lei era altrettanto furiosa.

"Parla un po 'più forte," gridò Joyce. "Non riesco a sentirti in televisione."

"Ho detto di smontarlo,"

E all'improvviso, e Vicky non era del tutto sicura di come, poiché non aveva mai fatto niente del genere prima, si ritrovò in piedi dal suo posto e accanto alla sua coinquilina, cercando inutilmente di strappare il telecomando dalla salda presa della ragazza.

Vicky era una ragazza leggera, una lettrice tipica, molto magra e pallida.

L'unico sport che aveva provato era il cross country, ma era solo per completare la sua domanda di college.

Così, quando il tiro alla fune telecomandato aveva lasciato il posto a un incontro di wrestling, sentiva che la sua educazione nelle arti fisiche era stata gravemente carente.

Perché combattere Joyce era come cercare di combattere un ragno.

Sembrava che una mano o una gamba fosse ovunque Vicky volesse muoversi.

La sua umiliazione è stata aggravata perché il suo compagno di stanza ha riso dei suoi sforzi per afferrare il telecomando e ha continuato a ridere quando si è arreso e ha deciso di lasciarsi andare.

"Non mi sono divertito così tanto da quando sono uscito di casa", rise Joyce. "I miei fratelli minori e io guardavamo l'UFC e poi provavamo le mosse l'uno con l'altro".

E poi si sentì come se qualcuno stesse cercando di strappargli un braccio dalla spalla.

Vicky non aveva mai saputo che una cosa del genere fosse possibile.

"Ouch ... Ouch ..." e poi continuò a dire alcune parole conficcate in profondità nella sua testa, anche quelle che non aveva mai avuto motivo di usare.

"Stop p ...".

Ridendo, Joyce ha detto:

"Facevo lamentare i miei fratelli con mia zia perché una ragazza li aveva picchiati".

Sembrava che la sua articolazione stesse per allentarsi.

Vicky non aveva nemmeno il tempo di pensare.

"Per favore ... oh ... cazzo ... cazzo!"

"Questo si chiama un braccio bar", ha detto Joyce, mentre ha rilasciato il suo compagno di stanza. "Una volta che sei intrappolato in esso, non c'è davvero altra via d'uscita se non sottomettersi."

CAPITOLO 2

Prese il telecomando, lo esaminò brevemente, poi lo gettò sul letto.

"Hai fatto cadere le batterie. Trovale e rimettile a posto."

Non è stato molto piacevole.

Non quando la spalla di Vicky faceva così male.

Si chiese se avesse subito danni permanenti.

Ma ha indovinato che a un certo punto le batterie si sono scaricate.

Ingoiando un po 'di rabbia, iniziò a cercare le due batterie AAA, le trovò e le sostituì nel telecomando.

Finalmente è stato in grado di tornare al suo compito, questo aveva sprecato troppo del suo tempo prezioso.

"E aggiusta il mio letto," disse Joyce. "Tutti quei combattimenti hanno rovinato tutto."

Stava andando troppo oltre.

Prima di tutto, Vicky è stata la vittima dell'incontro di wrestling, non il vincitore.

E, cosa più importante, il letto era stato un disastro per la maggior parte della settimana.

"Non sono la tua cameriera," disse Vicky, e tornò alla sua scrivania.

Solo che non ce l'ha mai fatta.

Aveva fatto solo due passi prima che Joyce fosse di nuovo su di lei, colpendo come un cobra.

Joyce stava aspettando una scusa per continuare la lotta.

Ha continuato a litigare con la sua coinquilina.

Aveva combattuto molte volte con i suoi fratelli.

Era più grande, ma erano ragazzi, fisicamente superiori, ma ciò nonostante Joyce era più intelligente e un po 'più spietata.

È stato divertente.

È stata una sfida e Joyce ha vinto più di quanto ha perso.

D'altra parte, questa non era una sfida per Joyce.

Ecco una conclusione scontata.

Vicky non era solo una donna debole, ma la ragazza non aveva idea di come difendersi.

Combattere il piccolo nerd non dovrebbe essere molto divertente.

Dovrebbe essere noioso.

Ma era tutt'altro che noioso.

Era...

.. eccitante.

CAPITOLO 3

I capezzoli di Joyce si erano induriti in proiettili.

I suoi fianchi erano sia caldi che sudati.

In verità, era stato un po 'eccitante litigare con i suoi fratelli quando poteva sentire la pressione occasionale di un'erezione, sapendo quanto li imbarazzava.

E un po 'di formicolio ogni volta che andavano a piangere la zia.

Ma questo, oh sì, questo era dieci volte meglio di quello.

Joyce ha lottato con la sua coinquilina.

Pressando il suo sesso sulla ragazza.

Lavorando su di esso.

"Ehi," ansimò Vicky senza fiato.

Era così stanca che era impossibile difendersi.

Si sentiva come se non potesse respirare.

"Non puoi semplicemente sottometterti. Non ti ho nemmeno dato una chiave." Joyce ha detto mentre le afferrava una gamba, le metteva le gambe intorno alla ragazza, le afferrava la caviglia e le faceva girare.

Pronto.

"Cagna!" Gridò Vicky.

"Questo si chiama blocco della caviglia", ha detto Joyce mentre rilasciava la pressione, ma non la rilasciava. "Mi rifarai il letto adesso?"

"Già ..." si lamentò Vicky.

Joyce premette ancora una volta un po 'più forte sulla caviglia della ragazza.

"E pulirai il pavimento e metti via i miei vestiti."

"Ummmm ... okay." Vicky rimase a bocca aperta.

"Questo è divertente," esclamò Joyce, afferrando di nuovo la ragazza. "Mi chiedo cos'altro posso farti fare."

"Ho detto che avrei pulito il pavimento!" Vicky protestò inutilmente.

La lotta è continuata.

È stata una faccenda molto unilaterale.

La povera Vicky era esausta, ma ha fatto uno sforzo coraggioso per sfuggire alle grinfie della sua compagna di stanza, anche se aveva rinunciato totalmente a combattere da quando era piccola.

"Sei così fragile," Joyce continuò con i suoi commenti mentre provava una mossa e poi un'altra.

Non si è nemmeno preoccupato delle presentazioni, stava solo cercando di vedere in quale posizione poteva mettere il suo compagno di stanza.

Un nuovo movimento.

Il calore riemerse nel suo corpo quando guardò il culo di Vicky.

La sua camicia da notte si era sollevata e la posizione in cui si trovava le aveva fatto incastrare le mutandine nella fessura del sedere.

Joyce è stata anche in grado di vedere un po 'del buco stretto della ragazza a causa del cuneo che era stato causato.

La povera Vicky poteva sentire la fresca brezza sul sedere, ma non poteva farci niente se non cercare di tenerla dritta.

C'era ancora meno che poteva fare al riguardo quando il suo partner le aveva tirato indietro la coda di cavallo.

Ha inarcato la schiena ed è stata costretta a ricadere ancora di più sulle gambe.

Se non avesse sofferto tanto, l'umiliazione della sua posizione sarebbe stata molto più acuta, anche se già di per sé mortificante.

"Amico," sussultò Vicky. "Fanculo-fanculo-fanculo."

"Non stai nemmeno cercando di difenderti", disse Joyce. "Comincio a chiedermi se ti piace essere maltrattato."

"Non voglio combattere con te." Si lamentò Vicky. "Cosa ... cosa stai facendo?"

Cosa stava facendo Joyce?

Vicky cercò di voltarsi, ma Joyce si piantò sull'arco della sua schiena.

Nella sua condizione indebolita, non c'era modo che Vicky potesse ignorare l'altra ragazza.

E il peggio? Peggio?

La povera Vicky poteva sentire le sue dita afferrare la fascia delle sue mutandine e tirarla verso il basso.

"Lascialo dov'è," chiese Vicky.

Ma ormai le mutandine erano fuori portata.

Tutto quello che poteva fare era cercare di allargare le gambe per impedirgli di toglierle completamente.

Ma sforzi così deboli non avrebbero scoraggiato la ragazza più forte.

No, per un momento Joyce ha spostato il suo peso sulle cosce di Vicky, e poi ha spogliato improvvisamente la ragazza dalle sue mutandine.

"Restituiscimeli" disse Vicky. E poi, con voce tremante, aggiunse. "Sono serio."

"Ora, hai intenzione di fare almeno un piccolo sforzo?" Chiese Joyce.

Le sue narici si dilatarono.

Dio, era così sexy.

E guardare le natiche morbide del sedere della sua compagna di stanza la stava rendendo ancora più calda.

"Devo prendere qualcos'altro da te?"

"Non seguire!" Esclamò Vicky.

Oh, aveva fatto del suo meglio per dirlo.

C'era qualcosa di estremamente imbarazzante nella situazione e lei voleva nascondere quella sensazione a Joyce.

Ma presto ebbe altre cose a cui pensare.

Una sculacciata.

CAPITOLO 4

Un'altra sculacciata.

Cazzo come brucia.

L'impazienza del suo compagno di stanza.

Toglile le mutandine e poi sculacciala!

Oh, avrebbe fatto pagare alla ragazza ... in qualche modo.

In qualche modo.

Sculacciata.

Sculacciata.

Ma prima, Vicky ha dovuto lasciar perdere.

"Mostrami quello che hai." Disse Joyce, e poi gliene diede altre quattro sculacciate.

Poteva vedere le sue impronte delle mani delineate in rosso sulla carne biancastra del suo compagno di stanza.

Cazzo, era calda, molto calda.

"Andiamo. Combattimi. Debole."

"Agghhh!" Vicky urlò di sfida, la sua rabbia scacciò la sua pigrizia.

Gemeva come un animale in trappola.

Ha preso a calci.

Ha tirato i capelli dell'altro.

Si è allontanata.

Si dimenò.

Ha combattuto.

Tuttavia, ha continuato a perdere.

Non solo il match di wrestling, ma anche la sua camicia da notte.

Adesso era completamente nuda.

La sua faccia era rossa per lo sforzo e per essere stata premuta così forte contro il pavimento di piastrelle.

Era riuscita a sfuggire alla presa di Joyce solo due volte.

Ma ogni tentativo sembrava esporre di più il suo corpo e stancarla ancora di più ora che la scarica di adrenalina se n'era andata.

"Andiamo, Vicky, vai avanti. Non restare lì." Joyce incitò la ragazza prostrata, dando qualche altra frustata.

Le sculacciate che gli stava dando ora non erano più dure.

Ma erano piuttosto vari.

Stava mirando con attenzione, assicurandosi di trasformare ogni centimetro della pelle biancastra sul culo di Vicky, che in precedenza era stato perfetto, di un rosso intenso.

E, cosa altrettanto importante, Joyce ha fatto pressione sulle sue labbra sessuali contro il gonfiore del sedere della sua coinquilina, in modo che la lotta fosse trasmessa direttamente al suo sesso focoso.

Sperava che Vicky non sentisse l'odore dei suoi succhi.

L'aroma era già molto forte.

Ma d'altra parte, la povera Vicky aveva da tempo rinunciato al fatto che la sua coinquilina non avesse scoperto lo stato del suo sesso molto bagnato.

Stava gocciolando.

Poteva sentire l'aria che la raffreddava.

Non era mai stato combattuto e fustigato.

Ma lei era eccitata.

Aveva lottato un'ultima volta, ma l'ultima volta aveva cercato di fuorviare Joyce.

Almeno questo è quello che si disse.

Tuttavia, le loro lotte non cedettero a Joyce.

Le lotte le facevano solo allargare le cosce, quindi il suo sesso bollente ora scivolava contro il pavimento freddo.

Dio.

Stava lasciando un'impronta simile a una lumaca sul terreno.

Sembrava ... Dio si sentiva divino.

Non aveva mai pensato che potesse accadere.

"Ugh" Con un grugnito, Vicky iniziò a pompare i fianchi.

Dio, non poteva credere che lo stesse facendo.

"Dio Vicky," disse Joyce. "Sei fradicio."

Le guance di Vicky bruciavano per l'umiliazione.

La sua vergogna segreta era stata scoperta.

Peggio ancora ... mio dio. Vicky poteva sentire un dito sondare il suo sesso bagnato.

Non gli erano rimasti segreti dopo un simile esame.

"Ti piace essere schiaffeggiato? È così che lo fai con il tuo ragazzo?" Scherzò Joyce. "Quella è Vicky? Essere sculacciata ti eccita?"

"No," mentì Vicky.

Ma non voleva cercare di impedire al suo partner di muovere le dita per sondarla.

Si sentivano troppo bene.

Era troppo bello

"Penso di sì" disse Joyce. "La tua fica ha detto di sì, vero?"

"No ..." gemette Vicky.

Dio, la ragazza la stava facendo impazzire.

"Penso che ti stia davvero godendo tutto questo", ha detto Joyce. "Scopriamolo."

Oh Dio. E adesso quello? Vicky pensò mentre sentiva Joyce spostare misteriosamente il suo peso su di lei prima di capovolgersi bruscamente di nuovo.

Fu allora che scoprì cosa aveva combinato Joyce.

Le sue mutandine erano fuori.

Vicky poteva vedere il culo nudo della sua compagna di stanza mentre la ragazza le stava a cavalcioni sul petto, gli stinchi che affondavano i polsi di Vicky nel terreno.

Joyce si leccò le labbra mentre fissava il corpo completamente nudo e indifeso del suo compagno di stanza nerd.

"Penso che questo richieda un'indagine approfondita."

"Basta," sussultò Vicky.

Non aveva idea di cosa comportasse un'indagine approfondita, ma non voleva farne parte.

Eppure Joyce aveva esattamente questo in mente.

Un'indagine approfondita sulla sua figa.

Le gonfie labbra rosa di Vicky si aprirono.

"Bagnato e paffuto." Joyce ha detto. "E guarda questo clitoride. Sta praticamente implorando una carezza."

"No non lo è". Protestò Vicky con voce stridula e tremante.

Le sue cosce si chiusero brevemente in segno di sfida.

"Penso di sì," Joyce accarezzò la fessura bagnata di Vicky.

Fai scorrere il dito su e giù per il suo taglio rosa.

Vicky sussultò e le sue cosce si aprirono di nuovo, offrendo il dolce bottoncino tra le sue cosce.

Joyce sorrise e mantenne il suo tocco, accarezzando di tanto in tanto il clitoride di Vicky.

Lavorando la ragazza fino a quando non ha raggiunto un picco di febbre.

Vicky si rese improvvisamente conto che lui l'avrebbe costretta a venire.

Una ragazza l'avrebbe fatta venire.

Aveva sempre sentito storie di ragazze che facevano esperimenti al college, ma non aveva mai pensato che sarebbe stato una di quelle ragazze.

Ma il calore dentro il suo intestino la convinse del contrario.

Ma poi quelle dita morbide e dolci furono allontanate, lasciandola fluttuare sull'orlo dell'orgasmo.

L'aveva accarezzata molto delicatamente e poi l'aveva fatta fluttuare fuori dalla portata dell'orgasmo.

La mente di Vicky era ancora un guazzabuglio.

Una cosa era essere costretti mentre erano inchiodati sotto un'altra ragazza, con le braccia intrappolate e incapaci di muoversi, ma un'altra. ... solleva i suoi fianchi sottili, cercando quel tocco dolce.

Ciò significa che stava partecipando.

E prima che potesse tentare di citare in giudizio la sua coinquilina per le libertà che si era presa.

Ora lei stava ... sollevando i fianchi, cercando il tocco di Joyce ... sempre più in alto ... lì ... ahhh ... proprio lì.

Ecco, si disse Joyce mentre inclinava i fianchi di Vicky, facendoli iniziare a spingere e pompare come meglio poteva in una posizione così imbarazzante.

Vieni da me.

Dovrai andare molto oltre prima che io abbia finito con te.

CAPITOLO 5

"Ti ho detto che ti piaceva," scherzò Joyce, stringendo leggermente il clitoride gonfio di Vicky. "È così, non è vero?"

I fianchi della povera Vicky cominciavano a far male per il bisogno.

Sollevò i fianchi finché l'addome non tremò, ma non era abbastanza alto da metterla in contatto con le dita di Joyce.

Non c'era niente che potesse fare se non avesse ammesso la verità.

"Sì." Vicky gemette quasi senza fiato.

Schiaffo schiaffo.

Joyce ha schiaffeggiato il sesso di Vicky, schizzando tutto il suo nettare nel processo.

I fianchi di Vicky si sollevarono.

La sensazione non era dolorosa, ma era stata scioccante.

Peggio ancora, aveva perseguito il suo orgasmo.

Era deludente, ma comunque gli era piaciuto.

Il senso di bisogno che aveva provato e la sua impotenza l'avevano spaventata profondamente.

Aveva paura ... oh, Dio, cosa gli stava facendo quella ragazza orribile adesso?

La stava massaggiando di nuovo.

E strofinandolo nel modo in cui le piaceva.

Ora stava allargando di nuovo le cosce di sua spontanea volontà.

Rendere il suo sesso teso dentro.

Facendogli ballare i crampi all'inguine.

Facendole battere il cuore.

Fu allora che Vicky si rese conto di poter vedere il buco stretto e stretto della sua coinquilina e la sua fessura premuta contro il suo petto.

Poteva sentire l'umidità che gocciolava lungo il suo petto.

Poteva sentire il dolce muschio del suo sesso.

Se avesse potuto liberare le mani, sarebbe disposta ad accarezzare Joyce, sperando che la ragazza smettesse di infastidirla e magari finisse di accontentarla.

Ma Joyce aveva le sue idee.

Era ben consapevole che Vicky era indifesa sotto di lei, e altrettanto consapevole dell'effetto che i suoi giochi stavano avendo su di lei.

Era ben consapevole che stava muovendo lentamente il sedere sempre più vicino al viso del suo compagno di stanza.

Vicky aveva sempre avuto voti vicini ai più alti della sua classe.

Era brillante e intelligente.

Si considerava una pensatrice profonda, ma per la prima volta faceva fatica a pensare.

Il calore le scorreva nell'intestino e il sesso le faceva male dal bisogno.

Il sedere di Joyce era proprio lì davanti a lei.

A solo un centimetro dalle sue labbra.

Vicky raggiunse le labbra desiderate.

Le narici di Joyce si dilatarono quando sentì quei primi timidi baci.

O si.

Si sentiva bene, anche se voleva un po 'più di stimoli.

E lui l'avrebbe avuta prima che tutto fosse detto e fatto.

"Ti piace la mia figa?" Chiese Joyce, mentre si sporgeva in avanti e soffiava il fiato sul sesso eccitato di Vicky.

"Sì," sussurrò Vicky, allargando le gambe, desiderosa che Joyce la leccasse ... laggiù.

"Leccami," ordinò Joyce. "Leccami la figa."

Vicky poteva sentire il respiro di ogni parola sulla sua figa.

Joyce era così vicina.

Così vicino a leccarla e farla venire.

Ero sicura che probabilmente altre ragazze avessero sperimentato in questo modo.

Questo non la rendeva gay.

Non sapeva nemmeno se gli sarebbe piaciuto.

La sua lingua è scivolata fuori e ha fatto una ricerca provvisoria.

E non era poi così male.

Lo fece di nuovo, stavolta un po 'più determinata.

"Oh sì, è divino," disse Joyce con voce roca. "Leccami la fica. Più veloce. Oh sì ... così, continua così."

Leccami anche io, avrebbe voluto dire Vicky.

Ma la sua bocca era occupata in modo diverso ora e Joyce era di nuovo seduta, quindi Vicky aveva letteralmente la bocca piena di fica ora e il suo naso era ... non voleva nemmeno pensare a dove fosse il suo naso.

"Ragazza cattiva," fece le fusa Joyce. "Stai giocando anche con il mio ano? Hmm ... è bello. Vuoi che giochi con il tuo?"

"Uffff ..." protestò Vicky.

Non.

No, non voleva nemmeno che il suo naso fosse dov'era, tanto meno essere toccata ... laggiù.

Ma a quel punto un dito inzuppato di succo veniva spinto bruscamente oltre lo sfintere.

Era strano avere qualcosa bloccato in quel buco, ma ancora più strano era avere quel qualcosa che spingeva, quando la direzione era sempre stata verso l'esterno.

Non voleva essere invasa lì, almeno non pensava di volerlo.

La faceva sentire ancora più impotente.

Oh Dio ... così impotente che lotta per respirare, leccare e farsi scopare con due dita nel culo.

Non avrebbe dovuto essere trattata in questo modo.

E questo di certo non avrebbe dovuto essere dannatamente caldo come la situazione.

Non dovrebbe leccare la fica di una ragazza.

Tanto meno una ragazza che era stata così cattiva con lei.

"Proprio lì ... proprio lì ... proprio lì ... oh mio ... oh mio ..." gemette Joyce, i suoi fianchi cavalcavano la ragazza indifesa intrappolata sotto di lei.

Raggiungere e afferrare i capezzoli della ragazza tra il pollice e l'indice e tirare su.

Sentendo l'angoscia protesta della ragazza che si strozzava sulla sua figa.

Amare la lingua agile che ora accelera più velocemente di quanto umanamente possibile.

Avendo solo una coppa B, Vicky non era molto dotata quando si trattava di tette, ma quello che le mancava in circonferenza, ha compensato la sensibilità.

E avere i suoi capezzoli allungati in quel modo fa male!

Anche se l'esperienza ha anche trasmesso raggi di piacere direttamente al suo sesso.

Ma tutto questo era troppo.

Pure.

Ha leccato Joyce per tutto ciò che sentiva, sperando di terminare rapidamente il suo orgasmo, insieme al tormento sui suoi capezzoli.

"Oh sì, sì, oh sì. Quello, sì." Joyce gemette.

I suoi movimenti cambiarono da intensità a un movimento languido quando il suo orgasmo raggiunse il picco e iniziò a diminuire.

Con i fianchi che fingevano di essere una specie di cavatappi mentre usava il naso della sua coinquilina per compiacere il suo ano.

CAPITOLO 6

"Adesso tocca a te," disse Joyce. "Vuoi che ti faccia venire?"

"Sì." Vicky ha ammesso.

Non solo voleva venire, ma si meritava di venire dopo tutto quello che aveva sopportato per mano di questa ragazza.

"Mmmm ..." Joyce fece le fusa mentre allungava la punta delle dita lungo il corpo snello della ragazza.

Dirigendosi lentamente al sesso super bagnato di Vicky.

"Che figa sporca e cattiva che hai," disse Joyce, guardando qualcosa in una piccola borsa cosmetica aperta accanto al letto di Vicky.

Lo raccolse e premette il pulsante di accensione.

Poteva sentire le vibrazioni fino alle sue dita.

"Penso che abbia bisogno di una buona pulizia all'interno."

Vicky non aveva idea di cosa stesse parlando la ragazza.

Poteva sentire un ronzio familiare, ma non riusciva a localizzare il suono.

"Oh!" Vicky rimase senza fiato quando sentì il primo tocco elettrico, i suoi fianchi si contorsero per sfuggire alla sensazione opprimente.

Ma presto si rese conto di quello che stava provando e si rese anche conto di quanto si sentisse bene.

Merda.

Oh cazzo.

Era il suo spazzolino da denti.

Joyce deve averlo tirato fuori dalla borsa dei cosmetici.

Gesù ... non ne aveva uno di riserva.

Dovrei ... oh, Gesù.

Stava per venire.

Era così fottutamente dura.

E con una reazione involontaria alla stimolazione, Vicky strinse le labbra e baciò quello che aveva di fronte e che si rivelò essere il culo muscoloso della sua coinquilina.

"Oh baby, è così bello." Joyce fece le fusa. "Hai mai visto qualcuno scopare questa figa? Voglio dire, davvero scoparla?"

"Mmmmmmm" Vicky gemette e allargò le gambe più che poteva.

"Rallentiamo piccola," disse Joyce. "Abbiamo tutta la notte."

Joyce ha usato lo spazzolino da denti sui capezzoli di Vicky e poi l'ha fatto scorrere su e giù per la fessura.

Ma non abbastanza da mandare la ragazza oltre il limite.

Sorrise malvagiamente.

Stava diventando brava in questo.

Vicky gemette.

I suoi fianchi pompavano, accogliendo le vibrazioni ad alta frequenza, ogni volta che Joyce riteneva opportuno farla scorrere dove le faceva più bene.

Oh mio Dio.

Stava per venire.

Stava per venire molto duramente.

E proprio in quel momento Joyce ritirò lo spazzolino da denti e accarezzò il sesso eccitato di Vicky.

"Oh Dio ..." sussultò Vicky, i fianchi che si spinsero e morirono per il contatto.

Anche per queste carezze pungenti che l'hanno allontanata dal climax.

Ha cercato di liberare le sue braccia intrappolate.

Ha cercato di trovare qualche sensazione per spingerla al limite.

La povera Vicky non sapeva cosa fare.

Anche se il suo corpo aveva delle idee.

Le baciò di nuovo il sedere muscoloso davanti al viso.

Lo baciò e lo baciò ancora.

"Mmmm ..." disse Joyce, facendo scorrere lentamente una mano verso il sesso gonfio di Vicky.

Mettendole l'altra mano sulle natiche, stendendole.

Vicky poteva vedere il buco proibito rugoso del suo compagno di stanza spalancato.

Non.

Aveva baciato solo il sedere della ragazza perché non aveva nient'altro da baciare.

Tuttavia, non aveva intenzione di baciarlo.

Neanche un po.

Eppure Vicky poteva sentire quanto fosse vicino lo spazzolino vibrante al suo sesso doloroso.

Molto, molto vicino.

Vicky ha preso una decisione rapida.

Avrebbe leccato Joyce ancora un po 'se questo facesse venire l'orgasmo alla ragazza.

Solo che avrebbe leccato il buco giusto.

Piegando il collo in un angolo complicato, Vicky ha cercato di ottenere l'accesso al sesso di Joyce con la sua lingua.

Oh no no! 'Pensò Joyce.

Ha giocato con il capezzolo di Vicky con lo spazzolino da denti e ha usato l'altra mano per giocare con l'altro capezzolo, girandoci intorno e tirando di tanto in tanto, a volte crudelmente.

Ha poi spostato il trattamento sull'altro seno, prima di far scorrere finalmente lo spazzolino vibrante vicino al sesso di Vicky.

Iniziò a picchiettare leggermente con la testa il clitoride gonfio del suo compagno di stanza.

Dio, sto arrivando, fu l'unico pensiero di Vicky.

Non poteva credere a quello che gli stava accadendo.

Non poteva credere che stesse per... strinse le labbra e lo baciò.

Baciò l'ano stretto e raggrinzito che Joyce gli stava mostrando.

Oh Dio. Oh Dio.

Non posso credere che stia succedendo, pensò Joyce.

Si è goduta il momento, ma voleva di più.

Iniziò di nuovo a far scorrere lo spazzolino su e giù per la fessura bagnata di Vicky.

Portare la ragazza sull'orlo del baratro.

Guardando i suoi fianchi scivolare e pompare.

Offrirle il sesso, ora inzuppato, per stimolare.

"Ragazzaccia." Sussurrò Joyce.

E sferzò quelle labbra increspate con il palmo della mano.

Schiaffeggia abbastanza forte da pungere e quindi non ci sono dubbi nella mente di Vicky su chi fosse al comando.

CAPITOLO 7

Come se Vicky avesse dei dubbi a questo punto.

L'unica cosa a cui riusciva a pensare era il bisogno doloroso dentro di lei che aveva bisogno di stimoli.

Questo era ciò di cui aveva bisogno, per trovare una sorta di eccitazione per il suo disperato rilascio.

Non pensava più alla vergogna oa cosa stava sbagliando.

I suoi unici pensieri erano concentrati lì, tra le sue cosce, e che le sensazioni che riceveva lì erano collegate a ciò che stava facendo con le sue labbra e la sua lingua.

Perché Vicky aveva a lungo occupato quell'orifizio proibito con leggeri baci incerti.

Ora ha leccato.

Si baciò seriamente.

Sondò con la lingua.

Guidandola dentro il meglio che poteva.

"È molto sporco," tubò Joyce. "E pensavo che fossi solo bravo a travestirti, quando in realtà eri un po 'pervertito. Pensi che dovrei lasciarti correre? Sei il mio piccolo pervertito?"

"Mmmmmmm ... sì ..." mormorò Vicky, la bocca ben piantata sul culo tonico della sua coinquilina.

"Allora fai venire quella fighetta sporca di te dove posso raggiungerla," disse Joyce. "E meglio affrettarsi prima che queste batterie si esauriscano."

La povera Vicky inarcò maggiormente il bacino per dare alla sua coinquilina un accesso migliore.

Tuttavia, ha scoperto che il ronzio dello spazzolino era ancora troppo lontano.

Allettante, ma irraggiungibile.

Vicky inarcò ancora di più il bacino.

Sentì brevemente il tocco elettrico.

Oh Dio.

Non era ancora abbastanza.

Alzò i piedi e poi alzò le ginocchia.

I suoi fianchi non toccavano più il pavimento.

Sicuramente questo sarebbe sufficiente.

Semplicemente non era abbastanza.

"Per favore ..." mormorò Vicky.

"Non lo vuoi?" Scherzò Joyce. "Vieni a prenderlo."

Oh come lo voleva.

Vicky si alzò in punta di piedi e spinse il bacino in avanti per l'ultima volta.

I suoi polpacci e le sue cosce tremavano.

Non poteva mantenere questa posizione a lungo.

Pregò che fosse abbastanza alto.

Joyce ha toccato il pennello sul suo clitoride gonfio e sulle labbra e ha contato "Uno" nella sua testa.

Poi è decollato e ha contato 'Due. Tre ".

Poi di nuovo su per un "Uno".

Poi torna per altri due.

Su e giù.

Acceso e spento.

Acceso e spento.

Joyce alzò la mano e tirò Vicky sul sedere.

Dannazione, quella lingua era divina con la D maiuscola.

Avrebbe potuto abituarsi a questo tipo di coccole.

"Non resisterò a lungo così ... non durerò ... non posso ... non posso ..." ripeté Vicky nella sua mente.

I suoi muscoli bruciavano.

La sua coscia aveva un crampo.

Moriva dalla voglia di raddrizzare la gamba e aspettare che il nodo doloroso si allentasse, ma aveva paura di perdere ancora una volta la sensazione dello spazzolino da denti.

Era difficile respirare intrappolata lì sotto le natiche muscolose della sua coinquilina.

Rimase in posizione e ignorò i suoi arti e legamenti protestanti, leccandole l'ano più che poteva.

La meravigliosa sensazione iniziò nel profondo del suo intestino.

Oh cazzo.

Il calore accumulato.

Poi tutto sembrò fuoriuscire ... sollevandosi come un enorme maremoto.

Cumming.

Oh Dio, stava venendo.

Non aveva mai provato un climax di tale portata.

Anche Joyce era gelosa della reazione della sua coinquilina.

Le gambe tremanti, il sesso penetrante, i forti gemiti sotto il suo culo, il getto di succo della ragazza che si riversa sul pavimento di piastrelle.

Oh sì, è stato un inferno di climax.

Joyce era sicura che un orgasmo del genere non sarebbe stato sufficiente per la sua coinquilina.

CAPITULO 8

E non era abbastanza.

Certo, Vicky si disse che non si sarebbe mai più comportata così.

Ma il giorno dopo, Vicky non poté fare a meno di pensare a quello che era successo alla sua coinquilina.

Essere abusato.

Sculacciata.

Essere deriso in modo così crudele.

Man mano che si avvicinava il momento di tornare nella sua camera da letto, divenne sempre più ansiosa.

Joyce le avrebbe fatto qualcosa quando fosse tornata?

Voleva che Joyce facesse qualcosa con lei?

Vicky poteva sentirsi sudata.

Poteva sentire le sue mutandine bagnarsi.

Dio ... e se Joyce se ne rendesse conto?

Presumo che Vicky voglia di più.

Con dita tremanti, Vicky inserì la chiave nella serratura della porta della sua camera da letto e la aprì.

Joyce era lì alla sua scrivania ... senza nemmeno riconoscere la sua presenza.

Forse tutta quell'ansia era stata inutile.

Il silenzio divenne scomodo.

"Ciao ..." sbottò Vicky e imprecò contro il suo discorso esitante.

"Oh ciao Vicky," disse Joyce, girando la sedia per guardarla.

Lo sguardo di Vicky saettava come una calamita tra le cosce della sua coinquilina.

La ragazza indossava una gonna corta e niente mutandine.

La sua piccola fessura riccia era lì, che la fissava sfacciatamente.

La ragazza non si vergognava?

"Stavo pensando a te," disse Joyce mentre si alzava e si avvicinava alla sua coinquilina che era congelata proprio nel mezzo della porta.

"Tu eri?" Vicky ha risposto.

Le sue guance bruciavano di un rosso vivo.

Che tipo di risposta è stata?

Non riusciva a pensare chiaramente.

"Pensavo che la mia fica si sentisse così sola," disse Joyce, arrotolando una ciocca di capelli di Vicky.

La sua presa si spostò sul collo di Vicky.

"È triste e ha bisogno di rallegrarsi."

Il simbolismo della mano intorno al suo collo era chiaro e il cuore di Vicky batteva all'impazzata mentre guardava la sua coinquilina arrampicarsi sulla gonna e iniziare a lavorare.

Cominciò a eccitarsi quando lei si tolse le dita bagnate e le portò alle labbra di Vicky.

Non dovrebbe farlo, si disse Vicky, anche se le sue labbra si aprirono e succhiarono il dito che le aveva offerto del suo rivestimento acido.

"Hai troppi vestiti addosso," disse Joyce mentre spogliava la sua coinquilina, lasciando la ragazza con solo un paio di calzini.

Immagino sia questo, pensò Vicky tra sé.

Adesso è quando facciamo l'amore.

"Pensavo che potremmo fare un gioco diverso oggi", ha detto Joyce mentre si toglieva la sciarpa dal collo e la legava alla testa di Vicky, trasformandola in una benda improvvisata.

"Hai fatto un buon lavoro a leccarmi la figa ieri," disse Joyce, mentre conduceva Vicky alla sua scrivania. "Ma oggi ti mostrerò cosa mi piace davvero."

Con un sorriso storto, Joyce allungò la mano e girò la barra cieca della finestra.

Il suo angolo ora permetteva alla ragazza di vedere la camera da letto di fronte a lei e chiunque guardasse fuori dalla finestra poteva vederli.

Le narici divamparono, si avvicinò al muro.

Era sicura che nessuno potesse vedere niente sopra la sua vita.

Ma povera Vicky.

Vicky era direttamente in vista.

"Inizia con i miei piedi," disse Joyce, portando un piede alle labbra di Vicky.

Ridendo, ma ritirando il piede al tocco solletico delle sue labbra e al respiro caldo della sua coinquilina.

"Mi fa il solletico."

E da lì quel giorno tutto fu lezione.

Vicky ha imparato a succhiargli i piedi.

Leccarsi l'un l'altro.

Bacia i polpacci e le ginocchia.

Taglia tra le cosce estese.

Respira il tuo alito caldo sul sesso di Joyce.

Bacia le labbra ... laggiù.

Lecca il solco.

Fai lavorare il clitoride del tuo compagno di stanza per raggiungere l'orgasmo con la tua lingua.

Spazzola delicatamente la lingua sul clitoride.

Accarezza i capezzoli duri con le mani libere.

Accarezzalo tutto.

Lavorando la lingua più velocemente quando Joyce stava per arrivare e rallentando quando la ragazza uscì dal suo orgasmo.

Vicky sentì Joyce muoversi di nuovo e si chiese se fosse il suo turno di fare l'amore.

Ma Joyce aveva altri piani.

"Avvicinati," disse Joyce, ora di fronte alla scrivania e sporgendosi in avanti. "Ho una sorpresa per te".

Vicky si sporse più vicino mentre la sua fronte si aggrottava preoccupata.

Che tipo di sorpresa aveva in mente Joyce per lei?

Mentre si avvicinava, non c'erano dubbi su ciò che Joyce gli stava offrendo girandosi e chinandosi.

Il suo bel culo tonico.

In quel momento, Joyce si voltò e afferrò la coda di cavallo di Vicky e la strinse forte.

"Leccalo," ringhiò Joyce avvicinando la testa di Vicky all'inguine.

Era un ordine.

Con un brivido, Vicky fece un lieve miagolio di disperazione.

Non sembrava del tutto giusto, dato che aveva leccato proprio questo punto la sera prima.

Ma se non fosse stata più così eccitata, sicuramente avrebbe rifiutato.

Tuttavia, ormai era passata quella che sembrava un'ora a far venire Joyce e lei ancora no.

Non voleva rovinare le cose prima che fosse il suo turno.

La sua lingua scivolò dalle sue labbra e il suo ano e iniziò a leccare.

"Mmmmmmm ..." gemette Joyce mentre si accarezzava il clitoride con le dita e si godeva le sensazioni del suo sedere. "Brava ragazza."

"Sei una piccola puttana sporca," ansimò Joyce. "Sai?"

Con la bocca altrimenti occupata, Vicky gemette in risposta.

Joyce si strofinò più velocemente, il busto appoggiato sulla scrivania poiché il suo braccio sinistro non poteva sostenere il suo peso.

Oh cazzo!

E il successivo orgasmo la lacerò come un incendio.

"Alzati e aspetta qui," disse Joyce una volta che fu scesa dal suo orgasmo.

Prese lo spazzolino da denti di Vicky dalla borsa da toilette.

Un lieve sussulto sfuggì dalle labbra di Vicky quando sentì il familiare ronzio così vicino al suo orecchio.

Joyce giocava con la sua coinquilina, facendo scorrere la sua testa vibrante sulle zone erogene di Vicky.

Il corpo di Vicky tremava ogni volta che sentiva la testa ronzante toccarle il sesso ...

La sensazione era troppo intensa, e ancor di più perché indossava ancora la benda e non poteva prepararsi al contatto.

Tuttavia, a ogni tocco, il suo corpo tremava sempre meno mentre si acclimatava.

"Ti sei lavato stamattina?" Scherzò Joyce, accostando la testa dello spazzolino alla bocca di Vicky.

"Già ..." riuscì Vicky, girando la testa per evitare che la spazzola intrisa di sesso le entrasse in bocca.

"Andiamo," la esortò Joyce, alternando tra prendere in giro la figa di Vicky e provare a far scorrere il pennello attraverso la bocca ben chiusa della ragazza.

Il brivido del potere la stava riscaldando di nuovo.

"Dai. Lo sai che lo vuoi. L'igiene orale è molto importante ... So anche dov'è stata la tua bocca. Ha bisogno di una buona pulizia."

"No," ansimò Vicky, le sue labbra premute forte.

Aveva smesso di girare la testa e ora lo spazzolino da denti ronzava tra le sue labbra e vibrava contro i suoi denti.

Poteva sentire l'odore muschiato del suo sesso sul pennello.

Non poteva farlo.

Lei ... i suoi denti si sono aperti.

Ho potuto assaggiare i loro succhi mescolati con la menta.

"Aprilo completamente." Joyce ha detto.

Vicky aprì la bocca.

Dio, è stato così umiliante.

Si sentiva così impotente mentre la sua coinquilina le passava lo spazzolino sui denti e sulla lingua.

Joyce ha abbassato di nuovo la spazzola e ha risolto il problema sul sesso della sua coinquilina.

Facendo entrare di nuovo in delirio la ragazza.

"Rimettiti in ginocchio," ordinò Joyce.

Con le guance in fiore di un rosso rabbioso, Vicky non si era mai sentita più sottomessa di quando si era inginocchiata e la sua compagna di stanza continuava a spazzolarla e stuzzicarla.

"Lo infilerò in quella fica di te," scherzò Joyce. "No, girati questa volta. Alla pecorina certo che ti piace scopare, stronza magra."

Vicky arrossì ancora di più quando si voltò e cercò di rotolare indietro il culo sulla spazzola vibrante per fargli toccare il clitoride.

Tuttavia, era troppo alto, colpendola davvero sul culo.

E Joyce non stava collaborando.

"Lo vuoi, vieni a prenderlo", rise Joyce. "Andiamo. Più in alto ... più in alto ..."

La povera Vicky è stata costretta ad alzarsi sulle mani e sulle ginocchia ...

Era quasi in piedi, ma ora sosteneva la parte superiore del corpo con le mani a terra.

Non era comodo ... non per molto.

Ma non avrebbe dovuto sentirsi a disagio per molto tempo poiché il pennello l'aveva portata quasi all'orgasmo.

Solo un piccolo tocco con il suo clitoride e sarebbe esploso come un razzo.

"Di nuovo la bocca," disse Joyce, quando rilevò il tremore lungo la spina dorsale della sua coinquilina.

"Per favore ..." gemette Vicky, ignorando l'ordine, spingendosi sempre più forte, in punta di piedi.

Era troppo vicino per smettere di provarci adesso.

"Ho detto bocca," la voce di Joyce assunse un tono aspro mentre rimuoveva il pennello.

Con un gemito deluso, Vicky si girò, inginocchiandosi rapidamente.

Lo spazzolino da denti non smetteva di suonare, ma invece di lavarle i denti questa volta, la lasciò a succhiare i succhi dalla testina dello spazzolino.

"Piccola puttana perversa," disse Joyce. "Stai diventando bravo in questo. Ora girati di nuovo e prova a venire."

Non c'era bisogno che Vicky lo dicesse due volte.

Si voltò e cercò di nuovo il contatto con la spazzola.

Era ancora bendata, quindi non sapeva che Joyce stava spingendo via il pennello ogni volta che si avvicinava.

Facendola lavorare per questo.

Inarcamento della schiena.

Fianchi alla ricerca.

Gambe tremanti.

Finché non ha finalmente preso contatto.

"Oh cazzo ..." gemette Vicky.

Non pensavo più a quanto sembrasse imbarazzante.

Era come un animale.

Il suo corpo voleva liberarsi ... ne aveva bisogno.

"Cazzo ... cazzo ... oh mio ... oh mio ..." urlò Vicky con un tono acuto e senza fiato.

Sempre più veloce gemette.

Il latte caldo le si è versato sulle gambe.

CAPITOLO 9

All'inizio Joyce pensava che la sua coinquilina si fosse arrabbiata, ma poi si rese conto che era arrivata.

Wow andiamo.

Joyce sorrise e girò il bar in modo che le persiane si chiudessero.

"Adesso puoi toglierti la benda," disse alla figura prostrata della sua coinquilina, stesa esausta sul pavimento piastrellato, quasi a crogiolarsi nei suoi abbondanti succhi.

Vicky si tolse la benda, ma non aveva l'energia per alzarsi dal pavimento.

Dubitava di poterlo fare mai.

Ma meno di un minuto dopo, divenne fredda e imbarazzata per lo spettacolo che stava facendo mentre giaceva nuda sul freddo pavimento di piastrelle.

Se solo avesse saputo che, nella camera da letto dall'altra parte della finestra, avevano visto molto di più.

La maggior parte si era voltata dall'altra parte disgustata.

Alcuni hanno scattato foto per vederle in seguito.

Ma pochi avevano assistito fino alla fine.

Aveva spento le luci e tutti i suoi entusiasti clitoridi.

Tenendo in mente l'immagine della ragazza.

Determinando che, se l'opportunità si fosse presentata, avrebbero voluto giocare anche con quel culo e quella figa.

Una di quelle ragazze ha chiesto alla sua coinquilina:

"Mi sembra familiare. L'hai vista in qualcuno dei tuoi corsi?"

"No, ma l'ho visto quando sono passato davanti alla lezione di computer", disse l'altro. "È una specie di fanatica del computer."

"Che giorno ea che ora?"

"Domani alle tre del pomeriggio"

"Scommetto che se la portiamo da qualche parte, farà quello che vogliamo."

"E voglio fare un sacco di cose divertenti con lei." Ha detto mentre si succhiava i succhi dalle dita.

"Anche io." Disse l'altro succhiandosi un dito.

"Potrebbe diventare rumoroso."

"Allora portiamola nella nostra camera da letto."

"Pensi che verrà?"

L'altra ragazza prese uno spazzolino elettrico e lo accese.

I suoi occhi brillavano nell'oscurità.

"Oh, ho la sensazione che lo farà se glielo mostro. Inoltre, ho scattato alcune foto e scommetto che non vuole che vengano distribuite nel campus."

FINE

DOPO DELLA CLASSE

CAPITOLO 1

Sono un istruttore di danza moderna e una nuova coppia è apparsa nella mia classe di danza poche settimane fa.

Erano il quadro assoluto dello stato fisico delle piste da sci, il tipo di persona che stabiliva il ritmo in località come la Svizzera.

Ho presto saputo che erano entrambi sciatori competitivi e stavano prendendo la mia classe di danza avanzata come parte del loro regime per mettersi in forma per le rigidità della prossima stagione sciistica invernale.

Ho parlato brevemente con loro un paio di volte e ho scoperto che erano sposati.

Il marito era molto bello, ma era un vero idiota.

Il tipo di ragazzo che era stato il capitano di questo e il capitano di quello dal liceo, e tutto ciò che gli passava per la testa.

Un coglione bello ma arrogante che pensava di essere una manna dal cielo per le donne.

Ma la moglie era qualcos'altro.

Era dolce ed educata, anche un po 'timida e riservata.

Eppure era un esemplare perfetto come suo marito, una vera bellezza.

Ma in qualche modo non sembrava che gli fosse andato in testa.

Naturalmente, essendo una donna gay, ho concentrato la mia attenzione su di lei.

Questa sciatrice alta e incredibilmente in forma mi dava un pizzicore ogni volta che entravo nel mio corso di danza.

E vestita com'era nel suo body aderente, mi ha indebolito le ginocchia.

L'unica delusione era che era sempre accompagnata da quell'idiota di suo marito.

Mentre Stella, questo era il suo nome, era dolcemente timida, c'era anche un bagliore o bagliore erotico molto evidente in lei, almeno sembrava esserlo.

Inoltre, c'era qualcosa nel modo in cui si muoveva.

Stella, una ballerina naturale, ha avuto la grazia fisica di un gatto ben stilizzato.

Una bionda fresca con grandi occhi nocciola, aveva le lentiggini più carine che avesse mai visto sul suo viso.

Penso che non sarei stato attratto e incuriosito da lei ovunque l'avessi vista, ma in una lezione di ballo tutto spicca.

Donne vestite con leggings o leggings, i loro corpi coperti dalla lucentezza del sudore che viene dalla danza vigorosa.

Per molti, l'intero ambiente puzza di sesso.

Sebbene apprezzassi un uomo attraente, un corpo maschile ben scolpito, in forma ed elegante, quei corpi non mi dicevano nulla, parlando sessualmente.

Ma è stata una storia completamente diversa con i miei studenti.

È stato quando ho iniziato a insegnare corsi avanzati di danza moderna e balletto, che, vedendo tutte queste donne attraenti e in forma, sono diventato sempre più eccitato, sempre più promiscuo.

Vorrei scegliere una o due bellezze dalla mia classe e avere fantasie su di loro.

E poche donne hanno suscitato nella mia testa fantasie febbrili ed erotiche più dell'adorabile e sexy Stella.

Ho iniziato a sognare ad occhi aperti su questa donna alta, giovane, atletica.

Con la sua vita sottile, con il suo stomaco duro dall'asse da stiro, con i suoi bei seni e le sue gambe li guardava sempre quando stava per cambiare.

E quando una volta l'ho vista nuda nello spogliatoio dopo la doccia, la mia testa, quasi letteralmente, ha iniziato a girare.

Ero così eccitato.

CAPITOLO 2

E una sera Stella venne a lezione da sola, senza il marito.

Ero nervoso, anche se non sapevo bene perché.

Avevo chiacchierato un po 'con lei, ma non c'era mai alcun segno che potesse essere più di un oggetto di fantasia per me.

Comunque, è stato bello vederla lì senza il coniuge.

"Ciao," dissi nello spogliatoio quando la vidi asciugare dopo la doccia.

Naturalmente, vedendola in quello stato, dovevo contenere me stesso.

"Dov'è tuo marito stasera?"

"Oh, ha dovuto fare un viaggio, poiché sostiene alcune stazioni sciistiche", ha detto.

Mi ha guardato come se volesse dire qualcos'altro.

"Posso chiederti una cosa?" disse infine. "Spero di non essere presuntuoso, e che non ti arrabbi. Potrei inventare tutto questo. Ma ho notato che mi guardavi. E mi hai guardato in un - uh - un modo speciale. Se sto solo inventando, mi dispiace. molto. Ma ho pensato di chiedere ... "

Abbassò lo sguardo timidamente, avendo problemi a continuare.

"Avanti," ho esortato.

"Beh, mi chiedevo se forse lo fossi, oh è così difficile per me dirlo, mi chiedevo se forse eri attratto dalle donne."

Feci un respiro profondo, chiedendomi come rispondere.

Ero un po 'sorpreso che lei lo avesse notato in me, intuendo che c'era qualcosa di sessuale nel modo in cui la guardava.

Anche se spesso mi sentivo così per alcune donne della classe, ho fatto del mio meglio per non rivelarlo, per rimanere professionale e per non comportarmi come se stessero facendo un passaggio, per me o qualcosa del genere.

Ma era anche entusiasta che tutto questo venisse fuori.

"Beh, in realtà sono attratto dalle donne", confessai.

"Non sei gay, vero?" lei chiese.

"Sono gay," gli ho detto senza mezzi termini.

"E hai pensato a queste cose tu stesso?" Chiesi, cercando di essere discreto, ma assicurandomi che questa conversazione si muovesse nella direzione che volevo. "Hai qualche attrazione sessuale per le donne?"

"Beh, come puoi vedere, sono sposato e sono etero e tutto il resto. Ma ho sempre voluto cercare di essere intimo con una donna e vedere di cosa si trattava."

Non avrebbe potuto essere più schietta, un'espressione di desiderio sul suo viso.

"Pensi di potermi insegnare? Dopotutto, sei il mio insegnante di danza, forse puoi istruirmi in qualche altro tipo di vigorosa attività fisica, come posso dirlo?"

Fece un respiro profondo.

Penso che fosse sorpresa di se stessa di poter essere schietta, quasi sfacciata come era.

"Forse posso", dissi mentre ci guardavamo con audacia.

Stava parlando di sogni che diventano realtà!

Ovviamente, la cosa più sorprendente di tutto questo era che stavamo facendo questa conversazione mentre lei era nuda.

Sono andato a trovarla negli spogliatoi subito dopo che si era fatta la doccia e si stava asciugando.

E quello era lo stato in cui si trovava quando mi parlò della possibilità che io lo presentassi alle gioie del sesso femminile.

Ora, guardandomi intorno per assicurarmi che non ci fossero altre donne in vista, feci scivolare la mano tra le gambe di Stella e la strinsi delicatamente.

Chiuse gli occhi e sospirò quando lo sentì.

"Ti farò sentire molto, molto bene, Stella," sussurrai. "Questo, posso prometterlo."

"Oh, lo spero davvero!" disse con nostalgia, tenerezza e attesa nella sua voce.

"Lo farò," dissi, chinandomi per dargli un bacio dolce.

"Sai, possiamo andare a casa mia", disse, "come ti ho detto, mio marito è fuori città."

"Mi piacerebbe tornare a casa con te. Ma prima fammi entrare e farmi una doccia. Stasera è stato un duro lavoro. Sei già gentile e pulito, ma sono ancora appiccicoso e sudato."

"Oh, per favore, rimani così, così come sei" disse, tirandomi il braccio. "Mi piacerebbe che tu rimanga come sei. Quando insegni, ti vedo sudare e vedo le macchie sotto le tue braccia e il film di sudore sulla schiena quando ti giri. In qualche modo, vedendo come ti piace tutto questo Sono molto emozionato. "

Così carina che Stella era e avevo un po 'di feticcio per il mio sudore.

Hmmmmm?

Ho iniziato a sperare in lei.

"Molto bene" dissi. "Andrò con tutti i bei, sudati e odori".

CAPITOLO 3

Quando siamo entrati in casa sua, era già con me.

Dato che questa sarebbe stata la sua prima volta con una donna, mi aspettavo che esitasse un po '.

Ma non era affatto vero.

Quando abbiamo varcato la porta era già infiammata da un desiderio apparentemente insaziabile.

Mi abbracciò così forte e mi baciò così intensamente, le sue labbra si aprirono, la sua lingua guizzò nella mia bocca, che pensai che mi avrebbe tolto il fiato.

E il modo in cui mi guardò negli occhi quando mi abbracciò, arrendendosi a me, era come se avesse bisogno di affetto tanto quanto qualsiasi altra cosa.

Conoscevo quella sensazione.

Le presi la mano e le chiesi di portarmi nella sua stanza.

Lì, ci spogliamo rapidamente i nostri vestiti, entrambi ansimando per l'eccitazione.

I suoi occhi nocciola pulsavano, brillavano di desiderio.

La spinsi delicatamente sul letto, poi mi rannicchiai accanto a lei.

Ancora una volta ci baciamo profondamente, teneramente, le nostre mani scivolano dolcemente sui corpi l'uno dell'altro.

Allargò le gambe mentre le mie dita scendevano sul suo stomaco.

Lei era pronta!

Quando le ho toccato la figa, ho notato che era già completamente bagnata laggiù.

"Ti farò sentire così bene!" Gli ho sussurrato.

Le portai lentamente le labbra al collo.

Aveva un odore molto dolce dopo la doccia e la sua pelle era liscia e setosa.

Quando le mie labbra si spostarono sul suo seno, gemette così avidamente che quasi mi spezzò il cuore.

Aveva un bel seno e piccoli capezzoli scuri, uno strano contrasto con la sua pelle pallida.

L'ho tormentata, baciando e leccando lentamente ogni centimetro di ciascuno dei suoi seni e succhiando entrambi i capezzoli.

Il suo respiro era pesante ora mentre premevo la mia testa contro i suoi seni.

"Si si!" mormorò, gli occhi ben chiusi, il viso in una smorfia che sembrava quasi un dolore, ma che sapeva che era il bisogno intenso di essere soddisfatto, sopraffatto dall'affetto e dalle gioie di nuovi piaceri.

Le mie labbra si abbassarono mentre le leccavo l'ombelico, poi ulteriormente quando sentivo i riccioli dei suoi peli pubici contro le mie labbra.

"Ohhh!" ansimò incontrollabilmente.

Ora era tra le sue gambe e guardava la sua figa.

Aveva anche una piccola figa carina con labbra perfettamente incise.

E nella fessura c'era il suo clitoride, lucido e rotondo come un dolce pisello.

Ho baciato quel pisello sensibile molto delicatamente e quando l'ho fatto, tutto il suo corpo ha tremato.

"Oh si si!" mormorò, finalmente i suoi desideri erano stati esauditi.

Ho giocató con lei adesso.

L'ho divorato, l'ho consumato!

Le stava premendo selvaggiamente il bacino contro la mia lingua curiosa, implorandola!

Disperato per questo!

"Oh ... è così bello ... ed è così bello!" ansimò.

Ho mostrato la mia padronanza della lingua cunnilingua fino a quando non è letteralmente esplosa sotto le carezze delle mie labbra e della mia lingua, in un climax bruciante che l'ha sopraffatta e divorata.

CAPITOLO 4

Tornai in faccia e ci baciammo, Stella assapora l'umidità della sua stessa figa sulle mie labbra.

"È stato incredibile. Non mi sono mai sentito così bene, mai!" Disse, scuotendo la testa per lo stupore, spalancando gli occhi mentre riconosceva di essere stata portata a un nuovo livello di piacere.

Suo marito sembrava così robusto e così mascolino.

Ma questi ragazzi vanitosi ed egoisti sono spesso amanti schifosi.

Come molte altre donne molto attraenti, Stella potrebbe aver provato molto meno piacere nella sua vita sessuale di quanto chiunque si aspetterebbe solo a causa della sua bellezza e del suo evidente sex appeal.

"È stato bello, farti sentire così bene", dissi, baciandola.

Le sue labbra si aprirono mentre toccava le mie, le nostre lingue si cercavano, il nostro respiro dolce, caldo e intimo.

"Adesso voglio fare l'amore con te," disse eccitata.

Le donne eterosessuali lo fanno per la prima volta con altre donne, ecco cosa sperano davvero.

Gli uomini hanno generalmente mangiato molto le loro fighe.

Ma ciò a cui sono fortemente interessati è testare la figa di un'altra donna.

Mentre mi aveva implorato, mi ero trattenuto dalla doccia e tutto il mio corpo era ancora appiccicoso di sudore.

Normalmente questo mi avrebbe fatto sentire un po 'a disagio in una situazione così intima, specialmente con un nuovo amante, ma è così che Stella mi amava, fradicia di sudore, puzzolente e non lavata.

Ora mi ha sorpreso alzando il braccio e leccandomi lì, dove era particolarmente umido e salato.

Questa è stata la prima volta

Nessuno mi aveva mai leccato l'ascella prima, tutto sudato e puzzolente com'era.

Mi ha davvero sorseggiato lì, avida del sapore del mio sudore.

Quando lo lavò bene, abbassò il braccio, spostandosi sull'altro.

Così ora mi passò la lingua su tutto il corpo, baciandomi e leccandomi con una passione cruda e affamata che per me fu una vera rivelazione.

Pensavo di iniziare a capire qualcosa su di lei.

Il primo segno fu la sua timidezza, il modo in cui mi guardò umilmente quando mi chiese qualcosa.

E poi quello sguardo nostalgico, quasi sottomesso nei suoi occhi.

E chiedendomi di non fare la doccia, di restare sudato e sporco.

Sapevo abbastanza di vari tipi di gusti perversi nel sesso e nell'intimità per sapere che questi erano segni di comportamento di sottomissione sessuale, di voler "adorare" il corpo di un amante.

Questa è stata la prima volta per me, non solo per stare con un amante passivo come questo, ma per lei essere una bellissima donna che si gode il sesso con un'altra donna per la prima volta.

Non era mai stato con una donna che non aveva mai fatto sesso con un'altra donna.

Ha fatto scivolare la lingua lungo le mie gambe fino a raggiungere il piede.

Poi fece un respiro profondo e mi consumò ogni centimetro dei miei piedi, leccandomi la parte inferiore dei piedi, succhiandomi le dita dei piedi.

E poi, finalmente, mi ha allargato le gambe e ci ha messo il viso in mezzo, sul punto di leccarmi.

Ma l'ho fermata.

"Sai dove sono veramente sudato e appiccicoso?" Gli ho chiesto.

"Da nessuna parte?" disse, ansimando piano, con un'eccitante schiavitù negli occhi.

"Proprio lì," ho detto, girando la pancia e indicando tra le mie natiche. "Proprio lì".

"Oh Dio!" ansimò quando si rese conto di cosa le stavo offrendo ... il mio culo.

"Entra e divertiti," ho detto, aprendomi a lei.

Non vedevo l'ora di seppellire il suo viso nella fessura umida tra le mie natiche, leccando quella calda piega salmastra, le sue guance morbide che sfregavano contro le mie natiche appiccicose.

"Chiedimi di farlo", implorò. "Costringimi a farlo."

Quindi era vero, c'era un lato sottomesso a Stella.

"Leccami il culo!" Ho gridato "Leccalo! Leccami l'ano sudato, cagna! Fammi vedere quanto lo ami piccola puttana!"

Ho allungato la mano per premere con forza il suo viso tra le mie natiche mentre sondava con la lingua.

"Sono tutto sudato per tutta quella danza vigorosa e tu lo lecchi e lo ami, giusto?" Disse.

"Sì, sì ..." disse.

"Se quello?" Ho chiesto.

"Sì, adoro leccare il tuo sudore ... tu ..." esitò, incapace di pronunciare le parole.

"Il mio ano sudato!" Disse.

"Sì, sì ... il tuo culo! Il tuo sudore ... ehm ... buco!" Ansimò, tornando da lei.

Solo lei ha usato la parola "buco", e l'ha detto così eccitata che mi ha detto qualcosa.

Pensavo che ora avrebbe provato qualcos'altro, quindi l'ho spinta via da me e mi sono seduta sul bordo del letto.

"Mettiti in ginocchio e le mani sul pavimento adesso, cagna!" ho urlato.

Si inginocchiò avidamente mostrandomi il culo.

Ho guardato il suo culo succulento, la pelle tesa sulle natiche sode.

"Sei una ragazza cattiva, vero? Implorando di leccarmi i piedi sudati e il culo salato" risi.

"Sì, sì, sono cattivo, sono cattivo!" disse, voltandosi a guardarmi con uno sguardo mite ma profondamente struggente.

"Le cattive ragazze devono essere punite," dissi mentre posavo il palmo sulle sue natiche e iniziavo a sculacciarla.

"Oh sì oh sì!" disse, incapace di contenere la propria emozione per la realizzazione di una fantasia ovvia.

Sono rimasto sbalordito da quello che stava facendo: sculacciare il culo perfetto di una bellissima giovane moglie che era in ginocchio.

La strada verso l'infedeltà può portare a tutti i tipi di colpi di scena, devi aver pensato.

Dopo che entrambe le natiche erano rosa in modo attraente, tornai a letto e allargai le gambe.

"Ora puoi leccarmi la figa," dissi indicandolo. "Qui sta a te adorarmi adesso."

Lo guardò come se fosse la cosa più bella che avesse mai visto.

Cosa che, all'epoca, avrebbe anche potuto essere.

Come ho detto, ho un groviglio denso e spesso di peli pubici tra le gambe, quindi naturalmente quando ballo e sudo il mio cespuglio pubico si comporta quasi come una spugna, assorbendo il sudore.

E, con la mia intensa eccitazione aggiunta a questo, mi sono immerso lì come non penso di essere mai stato prima.

"Avanti, succhiami il sudore dai capelli," gli dissi, premendo con decisione la sua testa.

Ha preso parti dei miei peli pubici tra le sue labbra e le ha succhiate come se stesse succhiando il succo di un mango.

Poi ha scavato più a fondo, leccando la mia figa eccitata e sudata.

Era cruda e a disagio e un po 'irregolare nei suoi movimenti.

In parte, questo era il brivido, e in parte era solo che lei era alle prime armi in quello che stava facendo.

Ma c'era qualcosa di eccitante nel modo imbarazzante in cui mi leccava e quello, più della sua tecnica, era ciò che mi eccitava così tanto adesso.

Ero quasi fuori controllo leccandomi la figa.

Era come se volesse perdersi lì, seppellire la faccia in tutta quella carne bagnata ... salata ... restare lì per sempre.

Lasciai che si dilettasse nella mia umidità finché, finalmente, molti minuti dopo, sentii quell'ondata di piacere elettrico quando finalmente mi raggiunse.

"Com'è stato? Ho fatto bene?" lei chiese.

"Stella stava bene," le dissi.

"No, non è stato. Non l'ho mai fatto, non so ancora come", ha insistito.

Le ho accarezzato i capelli delicatamente.

"Sei stato bravo, Stella. È come dire, sei nuovo in questo. Ma mi hai fatto avere un orgasmo. Non ti dice qualcosa?"

"Tu ... sarai la mia insegnante di sesso con donne?" Chiese con occhi supplicanti.

"Certo Stella, sarò la tua insegnante," dissi rassicurante.

"Oh Dio!" ha detto come una ragazza. "Ora non prenderò solo lezioni di danza con te."

"No, prendi il cunnilingus principiante, intermedio e avanzato. E quando avrò finito con te, sarai pronto per trovare i tuoi principianti."

Un sorriso di lussuriosa soddisfazione apparve sul suo viso.

"Ora se mi vuoi scusare, devo usare il bagno."

All'improvviso i suoi occhi si illuminarono.

"Sul serio ?!"

"Sì, è vero", dissi, ma non potei fare a meno di notare l'interesse di Stella per ascoltare questa notizia molto prosaica, ma la sua eccitazione.

"Uhmm, posso entrare con te e guardare?" balbettò.

"Vuoi vedermi usare il bagno?" Ho sondato.

"Uh huh" sussurrò, quasi senza fiato per l'eccitazione nervosa.

"Mi guardi fare pipì?"
"O si."
Ma urinare non era l'unica cosa di cui aveva bisogno.
"Guarda come cagare anche io?"
I suoi occhi si spalancarono; stava quasi ansimando.
"Oh Dio sì!" Esclamò lei.

CAPITOLO 5

Una volta ho fatto dei giochi di pipì con una donna.

Ma questo era nuovo, questo era diverso.

Ma per qualche motivo, improvvisamente mi ha acceso.

Forse era solo Stella, questa bellissima giovane moglie con le sue strane passioni.

O forse una nuova lussuria che non avrei mai saputo di scatenare in me.

"Dov'è il tuo bagno?" Chiesi e la seguii lì, Stella era così eccitata che potevo sentirla respirare davanti a me.

Lasciai cadere il mio culo nudo sexy sul sedile del water e allargai provocatoriamente le gambe mentre Stella si inginocchiava, spalancando gli occhi, senza battere ciglio.

"Cosa vuoi vedermi fare adesso?" Ho fatto le fusa beffardamente.

"Pipì," sussurrò. Pensavo di poter sentire il suo cuore battere.

"In questo modo", gli ho detto, quando ho iniziato a urinare, una potente corrente è uscita dal mio buco mantenendo le mie labbra aperte in modo da avere una vista perfetta.

"Oh mio Dio!" ansimò, quasi tremando, e sapevo che era un sogno diventato realtà per lei.

Probabilmente stava allattando tali feticci, leccando la figa e il culo sudati di un'altra donna, sottomettendosi alla disciplina di un'altra donna e ora improvvisamente hanno rivelato il desiderio di andare in bagno.

"Posso sentirlo?" Mi ha chiesto guardandomi con occhi supplichevoli e pieni di aspettativa, allungando una mano, volendo abbassarla sotto il mio flusso, sotto il flusso dorato dell'urina.

"Certo," dissi tranquillamente, permettendolo.

Fece scivolare una mano sotto, con il palmo verso l'alto, e ora stava facendo pipì sulle dita.

Prese quella mano, raccolse la mia urina e se la portò volentieri alla bocca.

"Stella", dissi, abbassando la mano e avvolgendole una dietro la testa, avvicinandola, "vai avanti e bevilo direttamente dalla fonte."

Occhi che brillavano per l'eccitazione senza fiato, aprì la bocca appena sotto la mia fessura mentre urinava tra le sue labbra, bramando il nettare.

"Ami la mia urina, vero?"

Lei annuì, bevendo, guardando la pipì dagli angoli delle labbra.

Volevo davvero accumulare.

Infatti, quando siamo entrati in casa sua, aveva intenzione di usare il bagno, fare pipì e merda, e poi forse chiedergli di nuovo che voleva fare una doccia prima di entrare in qualcosa.

Ma Stella non mi lasciava fare nulla di tutto ciò mettendomi le mani ansiose non appena entrammo.

Infine, il flusso è diventato un rivolo.

"E ora penso che tu sappia cosa devo fare dopo," dissi quasi scherzando.

"Uh sì," disse lei, ancora senza fiato, deglutendo, "Merda, merda!"

"Sì, merda Stella, merda solo per te!"

Potevo sentire quanto fossi dentro ed ero pronto per partire, quando Stella mi fermò con uno sguardo supplichevole e una mano sulla mia coscia.

Ti dispiacerebbe girare sul sedile del water in modo che io possa vederlo uscire? "Chiese, con un'espressione quasi addolorato sul viso.

Era tutto molto strano, ma in qualche modo all'improvviso piuttosto attraente.

Sono sempre stata una donna sperimentale, disinibita, con un gusto per lo strano.

"Certo, nessun problema," dissi, sollevando il culo dal sedile del water, voltandomi e mettendomi a cavalcioni in retromarcia dando la schiena a Stella.

E sapendo che per lo più volevo vederlo, non ho abbassato il sedere sul sedile del water e mi sono seduto su di esso, ma invece mi sono accovacciato sul water .con il mio ano ancora sudato (e ben leccato) vividamente e completamente esposto alla sua vista.

Non ero mai stata particolarmente timida nell'usare un bagno davanti a un'altra ragazza, forse perché quando ero giovane i miei genitori vivevano in Francia per alcuni anni e mi mandavano in un collegio dove noi ragazze usavamo i bagni pubblici.

Ma non ho mai rovinato il viso di un'altra donna a pochi centimetri dal mio ano prima, guardando dritto!

"Ecco qua," dissi, un po 'sorpreso da tutto questo, da quello che stavo per fare.

E poi ho iniziato ad espellere quella che potevo sentire come una roccia di merda davvero grossa.

Sarebbe uno di quei tumuli di merda.

Ero contenta e avevo la sensazione che anche Stella, inginocchiata dietro di me e guardando, fosse felice.

Quando il mio ano si dilatò e la merda cominciò a fuoriuscire e il marrone si mostrò vividamente, Stella rimase a bocca aperta per lo stupore, come se improvvisamente stesse guardando qualche meraviglia della natura.

E forse per lei la mia merda era quella.

"Così bello," sussurrò, la tenerezza nella voce mentre sorrideva.

"Pensi che la mia merda sia bella?" Dissi mentre continuavo a cagare.

"O si!" disse con entusiasmo: "Mi eccita molto vederla, vederla uscire dal culo, vederti portare merda. Umm, posso toccarla?"

"Vuoi toccarmi la merda", dissi meravigliato, il lungo tronco continuava a uscire.

"Sì, sì, voglio toccarla."

"Bene, vai avanti, toccala allora," la sollecitai.

Potevo guardare in uno specchio che lei aveva appoggiato al muro e lì vedere accanto a me.

Ho visto Stella dietro di me, che allungava le dita, ho visto il tronco marrone emergere dal mio sedere, stupito di quanto fosse grande e vivido da questa angolazione.

E poi Stella lo toccò, facendo scorrere lentamente la punta delle dita su e giù lungo il grosso tumulo marrone unto.

Lei non ha detto niente.

Ma i suoi occhi erano spalancati, incantati.

"Tu ... pensi che potrei leccarlo anch'io?" chiese quasi supplichevolmente, con la voce rotta.

Avevo appena aperto la bocca per prendere la mia urina, quindi non fui completamente sorpreso da questa richiesta.

"Certo Stella, vai avanti e leccalo, leccami la merda", dissi, audace nella mia voce, spingendola avanti. "Avanti, lecca quel tumulo, caldo e fresco che esce dal forno."

Eccitata, avvicinò il viso e ora stava trascinando la lingua dove aveva trascinato le dita pochi istanti prima.

E potevo anche sentire quella lingua mentre circondava il bordo dilatato del mio ano, proprio dove stava uscendo la merda.

Stella lecca il suo ano e la sua merda con impazienti battiti di lingua.

Mentre continuavo a cagare, lei continuava a leccarmi la merda con la lingua fino a quando non ebbe finalmente svuotato i miei intestini, spremendo ancora qualche pietra miliare dopo quella prima, Stella avidamente leccandola ogni volta che usciva da me.

Ha anche avvolto le labbra attorno all'ultima quando l'ho spinto verso di lui, dandogli un po 'di aspirazione, come se avessi succhiato un dildo legato a una ragazza.

Questa giovane moglie, così timida all'inizio eppure così eccitata, si è dimostrata una donna molto sporca e non ho potuto fare a meno di ricordarmela scherzosamente.

"In ginocchio, succhiando la mia merda, se solo altri potessero vederti."

"Oh Dio! Non dirlo nemmeno," ansimò, arrossendo, poi ridacchiando come una studentessa un po 'colpevole ma felicemente malvagia che condivide un segreto con un altro.

Ho finito di usare il bagno, ho finito di urinare e cacare, ho preso il rotolo di carta igienica.

Ma Stella mi afferrò delicatamente il polso e mi fermò.

"Lascia che ti lecchi per pulire", disse, "posso?"

"Certo che puoi," dissi alzandomi dal bagno mentre Stella, in ginocchio, si prendeva un bel momento.

Trascorse molti minuti a leccare per pulire il mio cespuglio pubico imbevuto di urina e la mia figa sudata, e poi il mio ano marrone appiccicoso.

Alla fine si è alzata e mi ha guardato, con gli occhi spalancati, quasi in trance, il viso disordinato come quello di una ragazza sbadata, bagnata dalla mia pipì e macchiata di marrone di merda.

Ha persino tirato fuori la lingua come una scolaretta, timidamente ma un po 'oscena, facendomi vedere che era coperta di marrone per le pulizie.

In qualche modo sembrava così assoluta, deliziosamente desiderabile, sfrenata e pudica.

Una bellezza affascinante e felice le cui semplici depravazioni sono state scatenate.

Quell'espressione sul suo viso era impagabile come le sue parole successive, pronunciate in modo così amorevole.

"Baciami, per favore baciami ..."

Mi stava chiedendo di baciarla, di baciarla dopo che lei mi ha leccato pulito, leccato l'urina dalla mia figa e la merda fuori dal mio buco.

Potrei farlo?

Assaggiare i miei rifiuti sulle labbra di questa bellezza, sulla sua lingua?

Mi sono considerata una donna molto esperta, seducente, sessualizzata e disinibita.

Ma questo era nuovo per me, era decisamente fuori dal comune.

Ma ora, guardando quei grandi e dolci occhi nocciola, rapito da quello sguardo tenero, amorevole, ansioso, quasi disperato, non potevo farci niente.

Mentre la abbracciavo, attirando il suo corpo caldo e morbido al mio, sentendo i suoi seni contro i miei mentre premevo le mie labbra contro le sue e la baciavo, baciavo Stella.

La baciai appassionatamente, aprii la bocca, arrotolai la lingua, assaporai, assaporai ciò che aveva espulso dal mio corpo, l'urina, la merda, ciò che Stella desiderava ardentemente.

Condividere questa profonda intimità che ora condividono due donne.

FINE

www.ingramcontent.com/pod-product-compliance
Lightning Source LLC
LaVergne TN
LVHW041212150826
845673LV00001B/374

* 9 7 9 8 2 3 0 4 5 1 4 9 5 *